KB125298

다시는 아무것도 괜찮아지지 않을 것이다

"A Momentary Taste of Being" copyright © 1975
by James Tiptree, Jr., for *The New Atlantis*,
edited by Robert Silverberg.

HER SMOKE ROSE UP FOREVER

Copyright © 2004 by Jeffrey D. Smith
All Rights reserved.

Korean translation copyright © 2023 by Arzaklivres
The publisher further agrees to print the following: Korean translation rights arranged with Virginia Kidd Agency, Inc. through EYA (Eric Yang Agency).

이 책의 한국어판 저작권은 EYA(Eric Yang Agency)를 통한
Virginia Kidd Agency, Inc.사와의 독점계약으로 (주)아작이 소유합니다.
저작권법에 의해 한국 내에서 보호를 받는 저작물이므로
무단전재와 복제를 금합니다.

다시는 아무것도 괜찮아지지 않을 것이다

YA 07

제임스 팁트리 주니어 소설

이수현 옮김

A MOMENTARY TASTE OF BEING

아작

1

…황무지 속 우물에서의

덧없는 존재감

— 오마르 하이얌/에드워드 피츠제럴드*

* 오마르 하이얌은 11세기 페르시아의 과학자이자 시인이다. 19세기 작가인 피츠제럴드가 그의 시를 영역하여 낸 〈루바이야트〉가 널리 알려졌다. 다만 이 판본은 원문에 충실하기보다는 피츠제럴드가 창작한 부분이 많아, 피츠제럴드 저작 또는 공동 저작으로 본다.

눈에 띄게 부풀어 오른 청록색 구체가 암흑 속에 떠 있다. 그는 가만히 바라본다. 구체는 무서운 느낌을 주는 희미한 박동에 맞추어 부풀어 오르더니, 서서히 허깨비 같은 거대한 덩어리를 밀어내고, 그 덩어리는 뻗어나가며 단단해진다. 행성이라는 고환이 별들을 향해 괴물 같은 남근을 밀어내는 광경이다. 흐느끼는 무한(無限)을 뚫고 남근의 맥동이 울려 퍼진다. 춥다, 춥다. 몇 파섹* 길이의 남근은 견딜 수 없는 내부 압박에 진동하며 맹목적으로 주위를 찔러댄다. 그 끄트머리에선 흐릿하고 거대한 귀두

* 천체의 거리를 나타내는 단위. 3.259광년

를 하나의 불빛이 밝히고 있다, 켄타우로스 호다. 슬픔에 잠긴 남근은 해방을 찾아 덩치를 부풀리고 길이를 늘인다. 별들의 울음소리가 견딜 수 없을 만큼 강해진다….

애런 케이 박사는 1, 2분이 지나서야 자신이 켄타우로스 호 격리 병동에 놓인 간이침대에서 깨어났다는 사실을 확실히 자각했다. 반사적으로 흐느끼는 것은 그의 목, 눈물 흘리는 것은 별들이 아니라 그의 눈이었다. 또 그 망할 꿈이었다. 애런은 가만히 누워서 눈을 깜박이며 얼음처럼 차가운 슬픔을 마음에서 몰아내려 했다.

슬픔이 떠나갔다. 애런은 여전히 무의미한 상실의 오한을 느끼면서 일어나 앉았다. 도대체 무엇일까. 무엇이 그를 괴롭히는 걸까? "위대한 판이 죽었도다."* 그는 좁다란 세면실로 비틀비틀 걸어가면서 중얼거렸다. 온 세상에 울려 퍼지는 애도의 노래…. 그는 원래 쓰는 방에서 솔란지와 함께 있었으면 좋

* 플루타르코스가 처음 적은 이후 많은 시와 노래에 쓰인 구절. 예수가 태어나자 세상의 비탄 속에서 이전 시대의 신인 판이 죽었다는 뜻이다. 이 판은 목동의 신 판이 아니라 고대 신 전체를 대표하며, 그 죽음은 한 시대의 끝을 선포한다.

겠다는 생각을 하며 머리에 물을 끼얹었다. 아무래도 이 불안 증상을 어떻게 해야겠다. 지금은 말고 나중에. "의사 양반, 정신 차려." 그는 거울 속에서 걱정스러운 표정을 짓고 있는 평범한 얼굴에 야유를 던졌다.

아, 이런, 시간이! 그들이 로리에게 무슨 짓을 하고 있는지 알 수 없는데 늦잠을 자다니. 왜 코비가 그를 깨우지 않았을까? 물론 로리가 애런의 여동생이기 때문이겠지. 예견했어야 했다.

그는 격리 병동의 좁은 복도를 서둘러 걸었다. 복도 끝은 비트렉스 벽이었다. 벽 너머에서 조수인 코비가 헤드셋을 벗고 그를 올려다보았다. 음악이라도 듣고 있었던 건가? 상관없다. 애런은 타이그의 침실을 슬쩍 들여다보았다. 타이그의 얼굴은 여전히 진정제의 효과로 이완되어 있었다. 타이그는 일주일 전의 사건 이후로 수면 요법을 받는 중이었다. 애런은 비트렉스 벽에 달린 스피커 그릴로 가서 뜨거운 차를 한 잔 뽑았다. 액체가 느리게 떨어졌다. 자전하는 우주선 안에서 격리동은 정상 중력의 4분의 3만 얻기 때문이다.

"케이 박사는… 내 동생은 어디 있지?"

"심문을 시작했어요, 보스. 저는 보스가 더 주무실 필요가 있다고 생각했고요." 코비야 물론 우호적으로 굴 생각이겠지만, 그 목소리에는 음흉한 느낌이 너무 많이 묻어났다.

"아, 이런." 애런은 차를 억지로 마시고 컵을 돌려놓으려 했다. 로리의 외계 생물이 지금 그의 오른쪽 발밑에 붙어 있는 것 같은 느낌이 가시지 않았다.

"박사님."

"왜?"

"주무시는 동안 브루스와 알스트롬이 들렀어요. 오늘 아침에 타이그가 돌아다니는 모습을 봤다고 불평하던데요."

애런은 얼굴을 찌푸렸다. "타이그가 나가지는 않았지?"

"설마요. 두 사람이 따로따로 봤답니다. 나중에 박사님을 보러 가라고 해뒀지요."

"그래. 잘했어." 애런은 컵을 돌려놓고 복도 반대편으로 돌아가서 면담실이라는 표시가 붙은 문을 지나쳤다. 그 옆방은 관찰실이었다. 그는 두 벽에 관찰화면이 붙은 어둡고 작은 방으로 들어갔다.

앞에 보이는 화면은 이미 쌍방향으로 작동하고 있었다. 화면에는 격리동 벽 밖에 있는 작은 방에 앉은 남자 네 명이 보였다.

희끗희끗한 머리에 고전적인 앵글로족의 옆모습은 옐라스톤 선장으로, 그는 감정이 드러나지 않는 고갯짓으로 애런에게 알은체를 했다. 그 옆에서는 정찰대장 두 명이 각자의 화면을 계속 들여다보고 있었다. 네 번째 남자는 켄타우로스 호의 보안 책임자인 젊은 프랭크 포이였다. 포이는 테이프 뭉치를 내려다보며 입술을 오므리고 있었다.

애런은 불쾌한 광경을 보게 될 줄 알면서 내키지 않는 마음으로 다른 한쪽 화면을 일방향으로 작동시켰다. 보였다. 그의 동생, 마른 몸에 붉은 머리의 젊은 여성인 로리가 감지기에 연결되어 있었다. 분명히 로리에게는 텅 빈 화면밖에 보이지 않을 텐데도, 로리의 눈은 그가 있는 곳을 향했다. 변함없이 감이 좋았다. 로리 뒤에는 솔란지가 오염 방지복을 입고 서 있었다.

"한 번 더 질문을 되풀이하겠습니다, 케이 양." 프랭크 포이의 말투는 믿을 수 없을 만큼 비인간적이었다.

"케이 박사라고 해주세요." 로리는 지친 목소리였다.

"물론입니다, 케이 박사." 왜 젊은 포이에게는 이렇게 호감이 가지 않는 걸까? 애런은 공정하게 받아들이자고, 그건 저 사람의 직업이라고 스스로를 타일렀다. 모두의 안전을 위해 필요한 일이었다. 그리고 이제는 '젊은' 포이가 아니었다. 맙소사, 집에서 42조 킬로미터나 날아온 지금은 아무도 젊지 않았다. 10년이 흘렀으니까.

"케이 박사, 당신은 본래 생물학자 자격으로 감마 정찰대에 참여했습니다. 맞습니까?"

"네, 하지만 저는 우주 항행 자격도 갖추고 있었습니다. 우리 모두 그랬죠."

"부디 네와 아니요로만 대답해주십시오."

"네."

포이는 인쇄 테이프를 구부려 고리 모양으로 만들고 표시를 했다. "그리고 당신은 생물학자 자격으로 궤도와 지상 착륙지점 양쪽에서 행성 표면을 조사했습니까?"

"네."

"당신이 판단하기에 그 행성은 인간이 이주하

기 적합합니까?"

"네."

"인간의 건강이나 안녕에 해로운 요소를 관찰했습니까?"

"아니요. 아니, 이상적입니다. 이미 말했다시피요."

포이는 나무라는 듯이 기침을 했다. 애런도 얼굴을 찡그렸다. 로리는 보통 '이상적'이라는 표현을 잘 쓰지 않았다.

"인간에게 해를 끼칠 가능성이 있는 것은 전혀 없었습니까?"

"네. 아니, 잠깐만요. 가능성만 따지자면 물도 사람을 해칠 수 있는데요."

포이의 입가에 힘이 들어갔다. "좋습니다. 고쳐 말하지요. 인간을 공격하거나 해치는 생명체를 보셨습니까?"

"아니요."

"하지만…." 포이는 와락 달려들었다. "타이그 대위는 당신이 가지고 돌아온 표본에 접근했을 때 해를 입었습니다. 그렇지 않습니까?"

"아니요, 저는 그 생물이 해를 끼쳤다고 믿지 않습니다."

"생물학자로서 당신은 타이그 대위가 아무 손상도 입지 않은 상태라고 보십니까?"

"아니요…, 아니, 그렇다는 뜻이에요. 안타깝지만 대위님은 처음부터 손상을 입은 상태였어요."

"타이그 대위가 이 외계 생물에 접근한 이후부터 병원 신세를 지고 있다는 사실을 알면서도 여전히 그 생명체가 해를 끼치지 않았다고 주장하십니까?"

"네, 해를 끼치지 않았습니다. 질문이 조금 혼란스럽네요. 부탁인데 감지대를 반대쪽 팔로 옮겨주실 수 있나요? 모세혈관을 조금 다친 것 같아요." 로리는 지휘 간부들을 숨긴 텅 빈 화면을 쳐다보았다.

포이는 거절하려고 하지만, 옐라스톤 선장이 경고하듯 헛기침을 하고 고개를 끄덕였다. 솔란지가 커다란 수갑을 풀자 로리는 일어서서 가슴이라곤 거의 나오지 않은 가냘픈 몸을 쭉 폈다. 그 몸에 코가 살짝 들린 쾌활한 얼굴이 더해지니 소년이라고 해도 통할 정도였다.

애런은 평생 그랬듯 사랑과 두려움이 뒤섞인 기묘한 심정으로 로리를 지켜보았다. 그는 대부분의 남자들이 로리의 몸을 중성적이라고 본다는 사실을 알고 있었다. 임무를 우선하는 태도 때문에 그런 인상이 더 강해지기도 했다. 켄타우로스 호의 선발위원회는 분명 그런 남자들로 구성되어 있었으리라. 이 비행을 위한 선발 기준 하나가 낮은 성 충동이었으니 말이다. 애런은 솔란지가 감지대를 다시 붙이는 모습을 지켜보며 한숨을 내쉬었다. 그 위원회는 물론 전적으로 옳았다. 로리 혼자만이라면 수녀원에서도 행복했으리라. 애런은 로리가 차라리 수녀원에 있었기를 바랐다. 여기가 아니라.

포이가 마이크에 대고 기침을 했다. "다시 묻겠습니다, 케이 박사. 당신은 외계 표본이 타이그 대위에게 미친 영향이 건강에 해로웠다고 생각합니까?"

"아니요." 로리는 끈기 있게 대답했다. 애런은 혐오스러운 장면이라고 생각했다. 선에 감긴 무력한 여자와 숨어서 조사하는 남자들이라니. 심리적인 강간이랄까. 어쩔 수 없는 일이기는 하지만, 포이만큼은 상황을 즐기고 있는 듯 보였다.

"행성 표면에서 구 대장은 이런 생명체들과 접촉을 했습니까?"

"네."

"그리고 타이그 대위와 비슷한 영향을 받았습니까?"

"아니요…, 그러니까, 네, 접촉은 구 대장에게도 해롭지 않았습니다."

"다시 묻지요. 구 대장이나 그 대원들은 그 행성의 생명체들에게 어떤 식으로든 해를 입었습니까?"

"아니요."

"다시 묻겠습니다. 구 대장이나 그 부하들은 그 행성의 생명체들에게 어떤 식으로든 해를 입었습니까?

"아니요." 로리는 텅 빈 화면을 보고 고개를 저었다.

"정찰선의 컴퓨터가 행성 표면에 도착한 첫날 이후부터 감지기와 촬영기로부터 들어온 입력정보를 기록하지 않았다고 말씀하셨는데요, 당신이 그 기록들을 파괴했습니까?"

"아니요."

"당신이나 다른 누군가가 컴퓨터에 손을 댔습니까?"

"아니요. 말했듯이 우리는 컴퓨터가 기록하고 있다고 생각했어요. 메모리 덤프 사이클이 돌아가는 줄은 아무도 몰랐어요. 덕분에 모든 정보를 잃었죠."

"케이 박사, 다시 묻겠습니다. 당신이 그 기록들을 버렸습니까?"

"아니요."

"케이 박사, 한 번만 더 돌아가겠습니다. 혼자서 구 대장의 정찰선을 몰고 돌아왔을 때, 당신은 구 대장과 정찰대원 전원이 식민지화를 시작하기 위해 행성에 남았다고 했지요. 박사의 말을 그대로 인용하자면, 그 행성은 낙원이었고 인간에게 해를 끼칠 것은 아무것도 없었다고 했습니다. 지표면 상황에 대한 기록이 부족한데도, 당신은 구 대장이 우리에게 즉시 지구에 전면 이주를 시작하라는 녹색 신호를 보내라고 권고했다고 했습니다. 그런데도 타이그 대위는 정찰선에 실린 외계 표본에 접근하고자 통로를 열자마자 쓰러졌습니다. 케이 박사, 나는 사실 구 대장과 대원들이 그 행성의 생물에게 상처를 입었거나 잡혀갔고 당신은 그 사실을 감추고 있다고 봅니다."

로리는 포이의 긴 말이 이어지는 동안 짧게 자른 붉은 머리카락을 격하게 흔들며 고개를 젓고 있었다. "아니에요! 그 사람들은 다치지도 잡혀가지도 않았어요, 말도 안 돼요! 그 사람들은 남고 싶어 했다니까요. 난 전언을 갖고 돌아오겠다고 자원했어요. 논리적인 선택이었어요. 난 중국인이 아니고….”

“네와 아니요로만 대답하십시오, 케이 박사. 구대장이나 다른 사람들이 타이그 대위와 비슷한 쇼크 증상을 겪었습니까?”

“아니요!”

포이는 들고 있던 테이프에 표시하면서 얼굴을 찌푸렸다. 애런은 간담이 서늘했다. 그는 선을 연결하지 않고도 로리의 목소리에 담긴 진심을 감지할 수 있었다.

“다시 묻겠습니다, 케이 박사. 당신은….”

그러나 옐라스톤 선장이 뒤에서 일어섰다. 권위가 담긴 몸짓이었다.

“고맙네, 포이 대위.”

포이는 입을 다물었다. 로리는 보이지 않는 화면에 대고 용감하게 말했다. “전 피곤하지 않아요, 선장님.”

“그렇다 해도 마무리는 나중에 하기로 하지.” 옐라스톤 선장은 멋지고 원숙한 목소리로 말하고 애런과 눈을 마주쳤다. 모두가 조용히 앉아 있는 동안 솔란지는 로리의 수갑과 몸에 감은 선을 풀었다. 애런은 헬멧 속으로 걱정과 연민이 비친 솔란지의 사랑스러운 프랑스-아랍계 얼굴을 볼 수 있었다. 공감은 솔란지의 장기였다. 선이 스르르 빠지고 애런은 "어휴!" 하는 솔란지의 입술 모양을 보았다. 잠깐이지만 기분이 나아진 그는 미소를 지었다.

여자들이 나가자 다른 방에 있던 정찰대장 두 명이 일어나서 기지개를 켰다. 둘 다 갈색 머리에 푸른 눈, 근육질의 외배엽형* 몸으로, 애런의 눈에는 거의 비슷해 보이지만 티모파에브 브론은 러시아의 옴스크에서 태어났고 돈 퍼셀은 미국 오하이오 출신이었다. 10년 전 그들의 얼굴에는 단순히 정말 어려운 목적지에 무사히 가기 위한 헌신밖에 담겨 있지 않았다. 각각의 정찰 임무가 실패로 끝나자 그들은 흐릿한 눈과 주름진 얼굴로 켄타우로스호에 돌아왔다. 그러나 지난 20일 동안, 그러니까 로리가 돌아온 후부터 그들의 눈 속에 있던 무엇인가가 살아났다. 애런은 그 '무엇'의 이름을 그다지 알고 싶지 않았다.

* 1970년대 이전에 있었던 체형 이론으로, 체질을 내배엽, 외배엽, 중배엽으로 나누었다.

"보고를 부탁하네, 포이 대위." 엘라스톤 선장은 눈짓으로 애런이 포함되어야 한다는 점을 명확히 하며 말했다. 공식 기록장치는 아직 켜져 있었다.

프랜시스 자비에 포이는 젠체하며 잇새로 공기를 빨아들였다. 이번이 총 10년에 걸친 비행 기간 동안 그가 두 번째로 맡은 큰 심문이었다.

"선장님, 안타깝지만 프로토콜이 계속해서, 음, 예외적인 반응을 보여준다는 점을 보고해야겠습니다. 우선 대상자는 두드러지게 격앙되고 불안정한 정서를 드러내며…." 포이는 신경이 쓰이는지 애런을 쳐다보았다. 애런에게는 새로운 이야기도 아니었다.

"정서 상태는, 음, 시사하는 바가 있습니다. 더 구체적으로 말하자면 구 대장이 다쳤느냐는 질문에서 케이 박사, 그러니까 로리 케이 박사의… 생리 반응은 언어 답변과 모순됩니다. 즉, 당시 반응은 로리 케이 박사가 진실을 말할 때의 기본 특성에 맞지 않고…." 포이는 애런을 보지 않고 인쇄 테이프를 뒤섞었다.

"포이 대위, 자네의 선문가직인 판단으로 케이 박사가 감마 정찰대에 무슨 일이 일어났는지에 대해 거짓말을 하고 있다고 말하려는 건가?”

포이는 테이프를 다시 섞으면서 꾸무럭거렸다. “선장님, 저로서는 모순이 있다는 말을 되풀이할 수밖에 없습니다. 명확하지 않은 부분이 있습니다. 특히 이 세 번의 반응에서요. 선장님께서 제가 표시해 둔 이 최고점들을 비교해보신다면 말입니다.”

옐라스톤 선장은 테이프를 받지 않고 생각에 잠긴 눈으로 포이를 바라보았다.

“선장님, 혹시 그, 화학적인 보완 방법을 쓰지 않겠다는 결정을 재고해볼 수 있을까요.” 포이는 필사적으로 말했다. 내분비계 교란 물질, 즉 자백제를 쓰자는 소리였다. 애런은 옐라스톤 선장이 허락하지 않으리라는 사실을 알았다. 그 점이 고맙기도 했다.

옐라스톤 선장은 굳이 대답하지 않았다. “포이 대위, 구 대장이 다쳤느냐는 질문을 제외하고 그 행성의 거주 가능성에 대한 케이 박사의 대답들은 어땠나?”

“그 경우에도 케이 박사의 반응에는 이례적인 부분이 있습니다.” 포이는 어떤 의심도 남겨두지 않으려는 것이 분명했다.

“어떤 의미로 이례적인가?”

"이례적인 흥분입니다, 선장님. 음, 그러니까 감정의 동요가 나타납니다. 이 상태에다 음성 프로토콜 중에 '낙원', '이상' 같은 표현들을 쓴다는 점을 더해보면…."

"포이 대위, 전문가로서 자네가 판단하기에 그 행성이 거주 가능하다는 케이 박사의 말은 거짓말이었나 아니었나?"

"선장님, 가변성이라는 문제가 있습니다. 제가 선장님께 말씀드릴 수 있는 것은 비밀이 있음을 암시하는 전형적인 패턴이라는 것뿐입니다."

옐라스톤 선장은 곰곰이 생각했다. 그 뒤에서 두 정찰대장은 무덤덤하게 지켜보기만 했다.

"포이 대위. 만약 케이 박사가 실제로 그 행성이 식민지로 삼기에 더없이 훌륭하다고 믿는다면, 그 감정을 우리가 맡은 길고 힘겨운 임무에서 성공적인 성과를 냈다는 데 대한 고양감과 흥분으로 설명할 수도 있을까?"

포이는 입을 살짝 벌린 채 선장을 바라보았다.

"극도의 고양감…, 무슨 말씀인지 알겠습니다. 저는 전혀 그런…, 그렇습니다, 그렇게 해석할 수 있을 것 같습니다."

"그렇다면 이 단계에서 자네가 찾아낸 바를 이렇게 요약하면 정확하겠나? 구 대장에게 무슨 일이 일어났는지에 대한 케이 박사의 설명은 믿을 수 없지만, 문제의 행성이 거주 가능하다는 발언에 대해서는 특별한 문제점을 보지 못했다고?"

"네, 그렇습니다, 선장님. 비록…."

"고맙네, 포이 대위. 내일 다시 시작하지."

두 정찰대장은 서로를 보았다. 애런은 그들이 포이 반대편으로 의기투합했음을 알아차렸다. 경쟁에 뛰어들고 싶어서, 다루기 힘든 평화주의자가 제거되기만 기다리는 전투 사령관들처럼 말이다. 애런도 포이를 좋아할 수 없는 만큼 그들에게 공감했다. 그러나 로리의 말투도 마음에 들지는 않았다. 돈 퍼셀이 갑자기 말을 꺼냈다. "표본은, 그리고 감지기록은 거짓말을 하지 않습니다. 내려가서 30시간밖에 있지 않았다고 해도 그 행성은 완벽해요."

팀 브론이 씩 웃으며 애런에게 고개를 끄덕였다. 옐라스톤 선장은 냉담하게 미소 지으며 눈으로 그들에게 아직 기록되고 있음을 일깨웠다. 애런은 선장의 차분하고 당당한 풍채에 새삼스럽게 감동했다. 늙은 옐라스톤 선장. 10년이라는 세월 동안

이 깡통 속에 갇혀서 무슨 일이 일어나더라도 그들을 하나로 묶어둔 믿을 수 있는 지휘자. 도대체 어디에서 이런 사람을 찾았을까? 멸종 직전의 어느 영국 학교에서 교육받은 뉴질랜드인. 목성 탐사 책임자, 기타 등등, 기타 등등. 마지막 공룡.

그러나 애런은 문득 기이한 점을 알아차렸다. 어떤 경우에도 불안함을 드러내지 않는 엘라스톤 선장이 한쪽 손의 손가락 관절을 주무르고 있었다. 로리의 답변에 대해 판단을 망설이는 탓일까? 아니면 두 정찰대장의 눈 속에서 이글거리는 불꽃…, 그 행성 때문일까?

그 행성….

찬란한 대박을 터뜨렸다는 느낌이 애런의 중뇌에 있는 어느 관 속으로 주체할 수 없이 솟아올랐다. 이제야 정말로 찾은 건가? 지칠 수밖에 없는 긴 시간이 흐른 후에, 돈과 팀이 차례차례 돌아와서 켄타우로스(센타우루스)* 항성들 중 두 개는 가

* 공식적으로는 영어식 발음에 따라 센타우루스자리로 표시하며, 센타우루스자리 알파별은 알파 센타우리가 된다. 그러나 어원상으로는 그리스 신화의 반인반마 켄타우로스에서 따온 이름이기에, 이 책에서는 켄타우로스로 통일했다.

스와 바윗덩어리밖에 거느리고 있지 않다는 보고를 한 후에, 이제야 우리의 마지막 기회가 맞아들어간 건가? 로리의 말을 믿을 수 있다면 구 대장과 그 부하들은 지금 이 순간에도 우리가 그토록 절절히 필요로 하는 지구의 새 에덴동산을 걷고 있으리라. 우리가 이 암흑 속에, 길고 긴 2년 거리에 있는 동안에도. 로리를 믿을 수만 있다면 말이다….

애런은 옐라스톤 선장이 자기에게 말하고 있음을 깨달았다.

"…의학적으로는 건강 상태가 좋다고 판단하나, 케이 박사?"

"네, 선장님. 표준 바이오 모니터까지 더해서, 예상할 수 있는 외계 접촉을 위해 고안한 모든 검진을 마쳤습니다. 지난 여섯 시간 동안에는 확인하지 못했으니 어젯밤을 기준으로 말씀드리자면, 몸무게 손실과 켄타우로스 호로 돌아왔을 때 시달리고 있었던 십이지장 궤양을 제외하면 로리 케이 박사는 2년 전에 출발했을 때와 크게 달라지지 않았습니다."

"그 궤양 말인데, 박사, 그 궤양은 혼자 이 배로 돌아오느라 겪은 피로와 긴장으로 완전히 설명할 수 있나?”

“네, 선장님, 그렇습니다.” 애런도 이 부분에는 아무 의혹이 없었다. 거의 1년 가까이 혼자서, 우주에서 움직이는 한 점을 찾아서 항해한다? 그는 다시 한번 생각했다. 맙소사, 어떻게 그런 일을 한 거니. 내 어린 누이야. 보통이 아니구나. 그리고 정찰선에서 로리 바로 뒤에 타고 있던 그 외계 생물은… 애런은 왼쪽 벽 아래에 그 생물이 있음을 느낄 수 있었다. 그는 녹화 장치를 흘긋 보고 다른 사람들도 느끼는지 묻고 싶은 충동을 억눌렀다.

엘라스톤 선장이 말하고 있었다. “내일이면 21일간의 격리 기간이 끝나네. 임의로 휴식 시간을 갖겠네. 자네는 내일 0900시에 있을 마지막 보고 전까지 로리 케이 박사에 대한 의학적 관찰을 계속하게나.” 애런은 고개를 끄덕였다. “그때까지도 불길한 조짐이 드러나지 않는다면 격리는 내일 정오에 끝날 걸세. 그 후에는 최대한 빨리 감마 정찰선에 봉해둔 생물을 조사해야 해. 일단 그다음 날로 해두지. 그 정도 시간이면 외계 생물학 팀과 자네의 자원을 합하여 우리를 보조할 준비를 할 수 있겠나, 케이 박사?”

"네, 충분합니다."

옐라스톤 선장은 음성 암호를 입력하여 기록장치를 껐다.

"고향에는 그 생물을 살펴본 후까지 기다려서 신호를 보내는 겁니까?" 돈이 물었다.

"물론이지."

그들은 밖으로 나갔다. 남자 네 명이 좁은 공간에서 조심스럽게 움직였다. 그래도 지금 지구에서 얻을 수 있는 공간보다는 넓었다. 애런은 옐라스톤 선장을 따라잡는 포이를 보면서 권위에 특별한 가치를 두는 불쌍한 남자에게 동정심을 느꼈다. 아빠의 관심을 얻기 위해 무슨 짓이든 하는…. 애런 역시 옐라스톤 선장의 현명하고 훌륭한 아버지상에 감동했었다. 과연 애런의 반응이 더 성숙한 것일까? 그는 집어치우라고 생각했다. 10년이 지나면 자기 분석도 의례적인 일이 된다.

애런이 격리동 복도로 나갔을 때 로리는 자기 방으로 들어간 후였고, 솔란지도 보이지 않았다. 애런은 비트렉스 차단벽 너머 코비에게 고개를 끄덕이고 식사 배급기를 눌렀다. 부엌의 향기를 내뿜으며 도착한 쟁반에는 단백질 덩어리에 기대하지 않았던 가니쉬*가 곁들여져 있었다. 식당 직원들이 기분이 좋은 모양이었다.

애런은 먹으면서 벽 너머 그의 사무실 책상 위에 놓인 3D 지구 사진을 멍하니 보았다. 그 사진은 우주선 어디에나 걸려 있었다. 공기가 맑았던 시절에 찍은 아름답고 선명한 사진이었다. 지구에서는 지금쯤 무엇을 먹고 있을까, 서로를? 하지만 10년이 지나고 나니 그런 생각도 큰 충격은 주지 못했다. 켄타우로스 호에 타고 있는 다른 모두와 마찬가지로 애런 역시 뒤에 남겨둔 사람이 없었다. 그들이 떠날 때는 지구에 200억 명이 바글거렸다. 아무리 기근이 들었다 해도 지금쯤이면 300억 명이 별들을 향해 터져 나올 때를 기다리고 있으리라. 켄타우로스 호에서 날아갈 녹색 신호를 말이다. 물론 말 그대로 초록색 빛은 아니었고, 이 거리에서 보낼 수 있는 단순한 암호 세 종류 중 하나였다. 그들은 10년이라는 세월 동안 '탐사를 계속하는 중'이라는 의미의 노란 신호만 보냈다. 그리고 20일 전까지만 해도 그들은 음울한 적색 신호, '발견한

* 음식의 풍미를 돋우기 위해 곁들인 음식

행성 없음, 기지로 귀환'을 보내기 직전이었다. 그러나 이제는 로리의 행성이 있다!

애런은 진짜 계란 조각을 조금씩 갉아먹으면서 고개를 저었다. 그는 지구까지 4년이 걸려서 돌아갈 녹색 신호를 생각했다. '행성 발견, 이주 선단을 출발시킬 것, 좌표는 이러저러…'. 지구에 우글거리는 수십억 명이 그 환상 같은 수송용 깡통들 속에 한 줌의 자리를 요구하려 들겠지.

애런은 스스로에게 못마땅한 표정을 지었다. '우글거리는 수십억'이라는 생각에 대한 거부 반응이었다. 아무리 수가 많다고 해도 그는 꿋꿋하게 그들을 사람으로, 각각 얼굴과 이름과 독특한 개성과 의미 있는 운명을 지닌 개별적인 인간으로 생각하려 했다. 그는 사람을 덩어리로 생각하지 않기 위한 방어기제로 개인적인 의례를 동원했다. 의례라고는 해도 그가 알았던 사람들을 떠올리는 행위에 지나지 않았다. 식사를 씹는 동안 보이지 않는 군대가 마음속을 흘러갔다. 사람들… 그 사람들 각각에게서 그는 배웠다. 무엇을? 크든 작든 무엇인가를, 실존을…. 기억 속에서 토마스 브라운의 얼굴이 차갑게 흘겨본다. 브라운은 까마득한 옛날 휴

스턴 거주지에서 그의 첫 정신외과 환자였던 서글픈 살인자였다. 그가 브라운을 도와주었던가? 아마 아닐 테지만, 그렇다고 그 남자를 잊는다면 애런은 저주받아 마땅하리라. 통계가 아니라 살아 있는 사람이었다. 그의 생각은 현재의 동료들이라는 현실로 돌아왔다. 60명의 선택받은 영혼들, 지구의 정수. 전적으로 비꼬는 말은 아니었다. 그는 그들을 자랑스럽게 여겼다. 그들의 인내력, 풍부한 기량, 애써 유지하고 있는 정신건강에 대해서. 그는 지구의 제일 멀쩡한 자식들이 42조 킬로미터 떨어진 연약한 공기와 온기의 거품 속에 있다고 해도 무리한 말은 아니라고 생각했다.

그는 쟁반을 되돌려놓고 마음을 추슬렀다. 앞으로 18시간분의 바이오 모니터 기록으로 타이그와 로리, 그리고 그 자신이 의학적으로 정상인지 확인해야 했다. 그리고 우선 타이그를 보았다고 생각하는 두 사람과 대화를 해봐야 했다. 몸을 일으키는데 지구의 사진이 다시 한번 눈길을 붙들었다. 암흑 속에 떠 있는 그들의 외롭고 약한 보석. 갑자기 지난밤의 꿈이 확 살아나고, 그는 다시 한번 켄타우로스 호를 끝에 달고 별들을 향하여 나아가는 괴물 남근을 보았다. 내부 압력으로 고동치며, 인간 홍수를 풀어놓을 방아쇠를 근근이 기다리는….

그는 이마를 찰싹 때렸다. 환각은 사라졌다. 그는 스스로에게 화가 나서 무거운 발걸음으로 관찰실까지 돌아갔다.

화면에 뜬 브루스 장의 얼굴이 기다리고 있었다. 그의 동료, 누구나가 어떤 직책을 갖고 있는 이 우주선에 탄 젊은 중국계 미국인 기술자였다. 다만 이제는 '젊은'이가 아니지. 애런은 스스로를 꾸짖었다.

"난 격리 상태야, 브루스. 자네가 타이그를 봤다고 들었는데, 언제 어디에서였지?"

브루스는 생각에 잠겼다. 2년 전만 해도 브루스는 아직 슈퍼다람쥐 같았다. 빠른 반사신경, 뻐드렁니, 다 안다는 듯이 비웃는 눈. 캘리포니아 공과대학에서 우주에 내놓은 답.

"0700시쯤에 숙소에 들렀어요. 문을 열어놓고 씻고 있다가 절 보고 있는 타이그를 봤지요. 좀 우스꽝스러웠어요." 브루스는 어깨를 으쓱였다. 과거의 실없는 태도에서 즐거움만 뺀 몸짓이었다.

"우스꽝스럽다니, 타이그의 표정이? 아니면 기묘한 점이라도 있었나? 그러니까, 눈에 보이는 차이라든가?"

착잡한 머뭇거림.

"말씀하시니까 말인데, 그랬어요. 굴절률이 흐렸죠."

애런은 어리둥절했다가 겨우 알아들었다. "타이그가 흐릿하거나 투명해 보였다는 말인가?"

"그래요, 양쪽 다였어요." 브루스는 굳은 목소리로 말했다. "하지만 타이그였어요."

"브루스, 타이그는 격리동을 떠난 적이 없어. 내가 기록을 확인해봤어."

상당히 착잡한 머뭇거림. 애런은 브루스를 집어삼키려고 도사린 그림자를 기억해내고 얼굴을 찌푸렸다. 그 자살 시도는 끔찍했었다.

브루스는 지나치게 가벼운 태도로 말했다. "알겠어요. 제가 어디로 들어가면 될까요?"

"그럴 필요는 없어. 다른 사람도 타이그를 봤거든. 다음에 그쪽을 확인해볼 거야."

"다른 사람도요?" 재빨리 두뇌가 활기를 찾고, 그림자는 사라졌다. "한 번은 사고, 두 번은 우연." 브루스는 슈퍼다람쥐의 흔적이 희미하게 드러나는 웃음을 지었다. "세 번은 적대 행위라죠."

"브루스, 나 대신 확인 좀 해주겠어? 난 여기 묶

여 있어서." 적대 행위라고 보지는 않지만, 애런은 이 부탁이 브루스 장을 도와주리라 믿었다.

"그래요. 물론 이런 건 제 일이 아니지만…, 그러죠."

브루스가 화면에서 나갔다. 나라 없는 사람. 지난 몇 년 동안 브루스는 중국인 정찰대에 붙어 있었고, 특히 생태학자인 메이린과 가까웠다. 그는 구 대장이 행성 탐사 임무에 데려갈 두 명의 외부인 중 하나로 자기를 뽑으리라고 꽤 강하게 기대하고 있었다. 인종만이 아니라 모든 의미에서 중국인인 구 대장이 로리와 오스트레일리아 출신 광물학자를 선택하자 브루스는 거의 치명타를 입었다.

이제 타이그를 본 두 번째 사람이 애런의 화면에 나타났다. 금발에 키가 큰 컴퓨터 팀장 알스트롬이었다. 알스트롬은 애런이 인사도 하기 전에 분개한 투로 말했다. "타이그를 내보내주다니 그러면 안 되죠."

"타이그를 어디에서 봤지요, 알스트롬 팀장?"

"5번 유닛에서요."

"말을 해봤어요? 타이그가 뭔가 건드리기라도 했나요?"

"아뇨. 가버렸어요. 하지만 거기 있었어요. 그러면 안 되는데."

"말해줘요. 어떤 식으로든 달라 보이던가요?"

"달라 보이기야 했죠." 키 큰 여자는 혐오스럽다는 듯이 말했다. "머리가 절반이 없잖아요."

"원래 입은 부상 말고요." 애런은 알스트롬의 농담도 예전에는 기분 나쁘지 않았다는 생각을 하며 조심스럽게 말했다.

"아뇨."

"알스트롬 팀장, 타이그 대위는 격리동 밖으로 나간 적이 없어요. 심장박동과 호흡 기록을 확인했어요. 타이그는 내내 여기 있었어요."

"내보냈잖아요."

"아니, 내보내지 않았어요. 여기 있었어요."

"그럴 리가 없어요."

애런은 알스트롬의 습관적인 결론을 예상하고 맞섰다. 그 결론이란 보통 이랬다. "좋아요, 난 고집 센 스웨덴인이니까, 증거를 대봐요." 알스트롬의 고집은 켄타우로스 호의 전설이었다. 심지어 가속 중에 자기 컴퓨터가 늘어놓는 정보를 거부하고 선체 감지기들이 결정화하지 않았는지 재확인함으로써 탐사선 전체를 구한 적도 있었다. 그러나 지금 알스트롬은 차가운 바람 속을 들여다본 사람처럼 벌떡 일어나더니 쓸쓸하게 말했다. "집에 가고 싶네요. 이 기계에 지쳤어요."

너무도 이례적인 일이어서 애런은 알스트롬이 화면에서 나가버릴 때까지도 할 말을 찾지 못했다. 잠시 걱정이 들었다. 알스트롬에게 도움이 필요하다면, 그 배타적인 바윗덩어리 같은 정신에게 손을 내미는 것이 그의 일이 되리라. 그러나 동시에 그는 안도하기도 했다. 타이그를 '보았다'는 두 사람 모두 개인적인 스트레스를 받고 있었던 듯해서였다.

그는 사람들이 타이그의 환영을 본다는 귀결이 논리적이라고 생각했다. 타이그는 재난을 상징했다. 불안감의 상징으로 적절했다. 더 많은 사람이 특별한 감정을 느끼지 않았다는 사실이 놀라울 정도였다. 그는 다시 한번 켄타우로스 호 사람들에게 자부심을 느꼈다. 지구를 떠난 지 10년이 지나고도, 금속 한 겹 너머에 죽음을 두고 비좁게 10년을 살고도 이렇게 침착한 정신상태를 유지하다니. 그리고 이제는 한술 더 떠서 정찰선 차이나플라워 호 안에 봉인되어 저밖에 매여 있는 외계 생명체까지 있었다. 로리의 외계 생물. 그는 지금 그 생물이 그의 의자 뒷부분 바로 밑에 매달려 있음을 느꼈다.

"두 사람이 더 기다리고 있어요, 보스." 코비의 목소리가 인터콤으로 전해졌다. 이것도 조금 이례적인 일이었다. 켄타우로스 호는 건강한 우주선이었는데 말이다. 페루 출신의 해양학자가 들어와서 부끄러운 얼굴로 불면증을 털어놓았다. 해양학자는 종교적인 이유로 약물에 반대하는 입장이지만, 애런은 알파파 조절 장치를 써보라고 설득했다. 다음은 수경재배 팀장 가와바타였다. 가와바타는 다리 경련으로 고생하고 있었다. 애런은 키니네를 처방하고, 가와바타는 잠시 머물며 자신이 시험 중인 배아 재배 상태에 대해 열정적으로 수다를 떨었다.

"10년을 저온 유지한 후에도 생존율이 90퍼센트예요." 가와바타는 씩 웃었다. "그 행성에 갈 준비가 된 거죠. 그나저나 선생님, 타이그 대위가 그렇게 회복이 잘 됐나요? 벌써 자유롭게 돌아다니게 하신 모양이던데."

애런은 너무 놀란 나머지 웅얼거리는 소리밖에 내지 못했다. 가와바타는 제대로 된 답을 기다리지 않고 애런이 몹시 싫어하는 짐승인 닭들을 찬양한 후 나갔다.

동요한 애런은 타이그를 보러 갔다. 타이그의 방 문 밖에 켜진 감지등은 모든 장치가 가동 중임을 가리켰다. 맥박 정상, 뇌파는 조금 평탄하기는 하지만 정상. 애런은 알파스코프에 약한 렘수면이 나타났다가 다시 평탄하게 돌아가는 모습을 지켜보았다. 출력 기록은 바깥에 있었다. 애런은 문을 열었다.

타이그는 보는 이의 가슴을 아프게 하는 북유럽계의 옆얼굴을 보이며 모로 누워서 약물 유도 수면에 빠져 있었다. 스무 살도 안 되어 보였다. 높이 솟은 광대뼈에 장밋빛 홍조, 감은 두 눈 위로 흘러내린 뻣뻣한 백금색 머리카락. 언제까지나 하얀 비행사복을 아침 바람에 휘날리면서 사는 아름다운 청년 그 자체였다. 애런이 지켜보는 동안 타이그가 움직거리더니 정맥주사가 꽂힌 한쪽 팔을 내뻗고, 긴 금빛 속눈썹을 여전히 뺨에 드리운 채 얼굴 전체를 드러냈다.

이제는 타이그가 왼쪽 정수리 부분이 보기 흉하게 움푹 팬 서른 살 청년임을 알아볼 수 있었다. 3년 전, 타이거 타이그는 그들에게 생긴 첫 번째이자 이제까지는 유일하게 심각한 사고 피해자였다. 바보 같은 사고였다. 타이그는 힘든 선외 작업에서 안전하게 돌아왔는데, 자유낙하 통로에서 우주복을 벗다가 풀린 산소통에 머리가 떨어져 나갈 뻔했다.

마치 애런의 존재를 느끼기라도 한 듯이 타이그가 가슴 아픈 미소를 지었다. 그의 기름한 입술은 여전히 즐거움을 약속했다. 사고 전의 타이그는 여러 동성애적 우정 관계의 중심이었는데, 그것 역시 켄타우로스 호의 프로그램이 대비해둔 전개였다. 애런은 애달픈 생각에 잠겼다. 우리가 제정신을 유지할 수 있게 해준 다른 많은 것들과 마찬가지로 말이지…. 그는 타이그의 연인이 된 적이 없었다. 자신의 품위 없고 실용적인 육체를 너무 의식했던 탓이었다. 그에게는 솔란지의 폭넓은 감수성이 더 안전했다. 애런은 분명히 프로그램이 그것까지 고려했을 거라고 생각했다. 로리만 빼면 모르는 게 없겠지.

타이그의 입이 움직였다. 자면서 뭔가 말하려 하고 있었다.

"지, 지." 언어 회로는 망가진 대뇌엽을 가로질렀다. "지이… 지입." 속눈썹이 올라가고 하늘색 눈이 애런을 발견했다.

"괜찮아, 타이그." 애런은 편안하게 타이그의 몸을 문지르며 거짓말을 했다. 타이그는 침 삼키는 소리를 내더니 다시 잠에 빠져들었다. 타이그의 우아한 체조선수 같은 몸은 낮은 중력에서 느린 아라베스크*를 췄다. 애런은 카테터를 확인하고 나갔다.

맞은편의 닫힌 문 안에는 로리가 있었다. 애런은 오빠답게 문을 두드리고, 천장에 달린 스캐너를 의식하면서 안을 들여다보았다. 로리는 침대에서 책을 읽고 있었다. 평범하고 기분 좋은 광경이었다.

"내일 0900시에 최종 심문이야. 괜찮아?" 그는 로리에게 물었다.

"그거야 오빠가 알겠지." 로리는 바이오 모니터 장치를 향해 쾌활하게 얼굴을 찌푸렸다.

애런은 가늘게 뜬 눈으로 로리를 보았다. 머리 위 스캐너를 두고 어떻게 그가 느낀 엄청난 의심을 표현할 수 있을지 알 수 없었다. 그는 코비와 이야기하러 나갔다.

"타이그가 혹시 인터콤 화면에 비칠 만한 장소에 갔을 기회가 있나?"

"절대 없죠. 직접 보세요." 코비는 테이프를 격리동 통과지점에 올리면서 말했다. 코비의 눈이 애런

* 발레의 한 동작

을 향해 번득였다. “전 기록에 손대지 않았습니다.”

“내가 언제 그런 소리를 했나?” 애런은 날카롭게 대꾸했다. 그러나 이 부분에서만큼은 두 사람 모두 알다시피 애런이 유죄였다. 왜냐하면 코비가 바로 5년 전에 프랭크 포이가 맡았던 첫 중요 사건이었기 때문이다. 꿈꾸는 약을 만들어서 거래하던 코비를 애런이 잡았다. 애런은 한숨을 내쉬었다. 비참한 일이었다. 그 사건을 두고 코비뿐만 아니라 켄타우로스 호의 다른 누구라도 “벌하자”는 목소리는 없었다. 누구든 직무에서 빼낼 여유가 없었다. 게다가 코비는 최고의 병리학자였다. 혹시 언젠가 지구에 돌아가게 된다면 코비가 어떤 일에 직면할지… 누가 알겠는가? 코비는 그저 자기 일을 계속했다. 코비가 애런을 보스라고 부르기 시작한 것도 그때부터였다.

이제는 코비의 영리한 유인원 같은 얼굴에도 새로운 활기가 나풀거렸다. 물론 그 행성 때문이었다. 돌아갈 일이 없어진 것이다. 애런은 잘됐다고 생각했다. 그는 코비를 좋아했고, 코비의 억제할 수 없는 창의력도 즐기는 편이었다.

코비는 추진기 팀장 고물카가 손가락 관절이

부러져서 왔는데, 애런의 진료는 거부했다고 말했다. 코비는 말을 멈추고 애런이 그 말에 함축된 의미를 이해할 때까지 기다렸다. 애런은 달갑지 않은 기분으로 이해했다. 육체적인 싸움이 있었다는 뜻이었다. 몇 년 만에 처음 일어난 일이었다.

"누굴 때린 거지?"

"저보고 추측하라고 한다면, 러시아인 중 하나일걸요."

애런은 점검해야 할 테이프를 끌어당기면서 피곤한 기분으로 고개를 끄덕였다.

"솔란지는 어디 있지?"

"우주생물학부에서 그 물건을 분석하려면 무엇이 필요한지 확인하고 있어요. 아, 그나저나 보스…." 코비는 몸짓으로 벽에 붙은 근무표를 가리켰다. "청소 차례를 놓치셨어요. 어젯밤은 공동 구역 청소였는데요. 낸에게 다음 주 주방 근무로 바꿔달라고 해놨어요. 베리먼에게 말해서 진짜 커피를 좀 가져올 수 있을지도 몰라요."

애런은 툴툴거리면서 면담실로 돌아가, 기록 테이프를 정밀 비교측정기에 돌렸다. 테이프가 아무 반응 없이 분석기를 통과하는 동안 깨어 있기는 고역이었다. 애런 자신과 로리의 테이프는 모두 정상, 정상, 정상, 정상이었다. 모든 변동이 정상 기준 안쪽에 있었다. 애런은 솔란지가 나타날지도 모른다는 희망을 품고 식사 배급기로 나갔다. 솔란지는 보이지 않았다. 그는 내키지 않는 기분으로 타이그의 기록을 돌리러 돌아갔다.

여기에서는 마침내 모순이 나타났다. 두 시간을 입력한 후 분석기는 아슬아슬하게 의미 있는 수준에 이른 일탈값을 내놓았다. 분석기를 마저 돌려도 마찬가지였다. 애런은 놀라지 않았다. 그 결과는 타이그가 외계 생명과의 접촉 이후 일주일째 보여주고 있는 변화와 동일했다. 경미하지만 점진적인 생명 기능 저하로, 대부분은 뇌전도에 나타났다. 언제나 세타파가 약간 모자랐다. 세타파가 기억과 관련되어 있다는 점을 감안할 때, 타이그는 학습 능력을 잃고 있었다.

사실 우리 모두 그렇지 않나. 애런은 감마 정찰선 복도에서 도대체 무슨 일이 일어났는지 다시 한번 궁금해하면서 생각했다. 정찰선 차이나플라워호는 입구를 모두 봉한 채 정박한 상태였고, 경비병 한 명이 지키고 있었다. 2주나 아무 일도 없었으니 지루했으리라. 경비는 고물 쪽으로 내려가서 음료를 마셨다. 경비가 돌아왔을 때는 타이그가 정찰선 화물칸 해치 옆에 쓰러져 있었고 포트는 열려 있었다. 타이그는 포트 바로 앞에 있는 진입로로 나온 게 분명했다. 사고를 당하기 전까지는 선외활동 팀장이었으니, 그런 곳을 돌아다니고 있었다고 해도 이상하지는 않았다. 쓰러졌을 때 타이그는 안전장치를 열고 있었던 걸까, 닫고 있었던 걸까? 안으로 들어가서 외계 생명을 본 것일까, 그 생물이 타이그에게 어떤 충격을 준 것일까? 아무도 알 수 없었다.

애런은 단순히 타이그가 안전장치에 다가가다가 우연히 뇌졸중을 일으켰다고 해도 충분히 있음직한 일이라고 스스로에게 말했다. 아니, 그런 일이었으면 했다. 무슨 일이 일어났는지는 몰라도 엘라스톤 선장은 정찰선의 도킹을 풀고 켄타우로스호에 매어두라고 명령했다. 그리고 타이그의 생명 징후는 나날이 저하되고 있었다. 기록에 잡히지 않는 중뇌 기능 저하가 아닌 이상 이례적인 일이었다. 애런은 치료법을 생각할 수가 없었다. 어쩌면 그편이 나은지도 몰랐다.

녹초가 된 애런은 짐을 꾸리고 억지로 타이그에게 필요한 일들을 처리하러 갔다. 로리에게도 잘 자라는 인사를 하는 편이 좋겠다고 생각하면서.

로리는 여전히 어린아이처럼 침대에 몸을 말고 책에 파묻혀 있었다. 켄타우로스 호에는 표준 필름 책 외에도 진짜 책들이 갖춰져 있었다. 생활의 편의를 도모하기 위해서였다.

"뭐 좋은 걸 찾았어?"

로리는 밝고 다정한 얼굴로 그를 쳐다보았다. 영상 스캐너에는 건강하고 누이다운 웃음이 보이겠지.

"이거 들어봐, 오빠." 로리는 난해한 문장을 읽기 시작했다. 애런의 귀는 겨우 마지막 부분에 이르러서야 적응을 했다.

"…위를 향하며, 짐승을 쫓아내라. 원숭이와 호랑이를 죽여라….* 굉장히 오래된 시야, 오빠. 테니슨이라고." 로리는 은밀한 미소를 지었다.

애런은 신중하게 고개를 끄덕여 그 진지한 빅토리아 시대 시인에게 동의했다. 호랑이와 원숭이라

* 알프레드 테니슨의 장시 〈In memoriam〉 중 일부

면 그에게도 넘치도록 있었고, 스캐너가 돌아가는 곳에서 로리와 다른 대화에 빠질 마음은 없었다.

"밤새 깨어 있지는 마라."

"아, 이건 휴식인데 뭘." 로리는 기분 좋게 말했다. "진실 속으로 도피하는 거야. 돌아오는 길에는 계속 읽고 또 읽었어."

애런은 그 고독한 여행을 생각하고 움찔했다. 사랑스러운 로리, 자그마한 미친 여자.

"잘 자라."

"잘 자, 사랑하는 오빠."

그는 새삼스럽게 켄타우로스 호의 선발위원회를 욕하면서 침대로 들어갔다. 직감이라고는 없는 따분한 얼간이들. 로리가 성적인 대상으로 보이지 않기는 했다. 어떤 남자들은 로리의 소녀 같은 몸을 보면서 로리에게 숨겨진 성적 격정이 존재하고, 그 가느다란 뼈대 중심부에는 뜨거운 용암처럼 신비한 초감각이 스며 있다는 생각으로 미쳐버릴 수도 있다는 점만 빼면 말이다. 지구에 살던 시절, 애런은 로리의 신비로운 핵심을 꿰뚫어 보려고 애쓰는 멍청이들을 연이어 지켜보았다. 운 좋게도 켄타우로스 호에는 그런 남자가 없었다. 아직까지는.

그러나 선발위원회가 놓친 결정적인 항목은 그게 아니었다. 애런은 어둠 속에 누워서 한숨을 내쉬었다. 그는 로리의 뼛속에 숨겨진 격정을 알고 있었다. 성적인 격정이 아니었다. 로리의 무자비하기까지 한 순수…. 옛말로 뭐라고 하던가, 광신적이라고 해야 할까. 선에 대한 지나치게 명쾌한 시각, 악에 대한 지나치게 확고한 증오. 그 중간지대에는 아무 애정도 없었다. 살아 있는 사람들에게는 관심이 없었다. 애런은 로리의 꾸밈없는 목소리에 담긴 무시무시한 비난을 되새기며 다시 한숨을 쉬었다. 로리는 변했을까? 아마 아닐 것이다. 그래도 상관은 없을 것이다. 우연히도 우리와 그 행성에 있는 무엇인가 사이에 로리의 머리가 놓여 있다는 사실이 무슨 문제가 될 수 있을까? 중요한 건 다 기술적인 문제였다. 공기와 물과 벌레 등등….

애런은 애써 그런 생각들을 밀어내고 스스로에게 말했다. 나는 로리와 타이그와 함께 20일을 여기 처박혀 있었어. 박탈감 때문에 몽상에 빠져드는 거야…. 잠이 들 무렵에 마지막으로 애런은 옐라스톤 선장을 생각했다. 분명히 지금쯤이면 그 노인의 보급품도 떨어져 갈 것이다.

2

…어마어마하게 크고, 영원히 변치 않을 고결함을 지닌 여인이 나부끼는 회색 구름을 뚫고 거닌다. 여인은 어두운 빛깔의 보석들로 무거운 머리채를 묶고, 비탄의 의식을 거행하며 움직인다. 여인은 머리와 심장을 가리킨다. 납빛 바다 옆을 거닐며 애도하는 여왕. 쇠사슬에 묶인 짐승들이 여인의 발치에서 천천히 움직인다. 호랑이는 서글픈 위엄을 잃지 않고 걸음을 옮기고, 원숭이는 여인의 절망을 흉내낸다. 여인은 고통 속에서 머리채를 묶은 보석을 끌러 얼음 같은 바람 속에 머리카락을 흩날린다. 여인은 몸을 굽혀 호랑이를 풀어주고, 자유롭게 떠나라고 부추긴다. 그러나 호랑이는 가물거리며 부풀어 올라 사라진다. 유령 같은 생명

을 별들 사이에 띄운다. 원숭이는 여인의 발치에 몸을 웅크린다. 여인은 긴 손가락을 원숭이의 머리에 얹는다. 그러자 원숭이는 돌이 되어버린다. 여인은 팔찌를 하나씩 바다 옆에 내던지며 죽음의 찬송을 부르기 시작한다….

애런은 비탄에 젖어 눈물을 흘리며 깨어났다. 목에서 꺽꺽거리는 소리가 났다. 어, 어억, 어억…. 부모님이 죽은 후에는 한 번도 낸 적 없는 소리였다. 그는 선명하게 기억했다. 베개가 흠뻑 젖어 있었다. 뭐지? 도대체 뭘 하고 있었지? 로리의 망할 원숭이와 호랑이였다. 그만! 그만해.

그는 비틀비틀 일어서면서 아침이 아니라 한밤중이라는 사실을 깨달았다. 얼굴에 물을 끼얹으면서 발 아래쪽을 날카롭게 의식했다. 보이지 않는 선이 선체를 뚫고 밀폐된 정찰선까지, 그 안에 있는 외계 생물에게까지 곧바로 이어져 있었다. 로리의 외계 생물이 저기에 있다.

좋다. 정면으로 직시하자.

그는 어둠 속에서 침대에 앉았다. 외계 생물에게 텔레파시 능력이 있다고 믿나, 케이 박사? 그 안에 있는 식물이 인간의 주파수로 절망감을 방송하고 있다고?

가능하다고는 생각해, 박사. 무엇이든, 거의 무엇이든 가능하기는 하지.

하지만 조직 표본과 사진들은 어떤 특수한 구조도, 어떤 신경 조직도 보여주지 않았다. 뇌라고 할 만한 것이 없었다. 착생 식물일 뿐이었다. 꽃양배추나 대형 지의류와 같았다. 로리는 큰 포도송이 같다고 말했지. 그 식물이 하는 일이라고는 신진대사와 약간의 생체발광뿐이다. 개별 세포들의 잠재력만으로는 인간의 감정을 자극할 만큼 복잡한 에너지를 발생시킬 수 없다. 아니, 그럴 수 있나? 그는 아니라는 결론을 내렸다. 제발, 그런 일은 우리도 못 한다. 사이에 있는 진공은 그렇다 치더라도, 이건 초음파 같은 물리 현상이 아니다. 게다가 그 식물이 이런 짓을 한다면 로리가 제정신으로 여기까지 돌아올 수가 있었을까. 악몽을 방송하는 식물과 3미터도 떨어지지 않은 곳에서 1년 가까운 시간을 보냈는데? 아무리 로리라 해도 그럴 수는 없다. 분명히 내 문제다. 내가 투사하고 있는 것이다.

그래, 내가 문제다.

그는 다시 드러누우며 또 한 번 전체 검진을 해

야겠다고 생각했다. 자유연상 시간도 늘려야겠다. 다른 사람들도 스트레스 현상을 겪고 있을지 몰랐다. 타이그를 본다거나…. 지난번에는 우울증 초기 증세를 보이는 사람 둘을 발견했지. 그리고 이건 다 내가 직접 해야지, 사람들이 코비에게 진료를 받으려 하지 않을 것이다. 그는 그렇게 생각하다가 자신의 어리석음을 깨달았다. 사실 사람들은 애런보다 코비에게 훨씬 말을 많이 했다. 어쩌면 나에게도 로리 같은 구석이 있나 보다. 그는 잠에 빠져들면서 씩 웃고 말았다.

✶

…타이그가 태아처럼 몸을 말고, 거대한 임신낭에 에워싸인 채 벽을 뚫고 떠다닌다. 하지만 그것은 다른 타이그다. 우선 이 타이그는 녹색이다. 그리고 거대한 꽃양배추나 뭉게구름처럼 부풀어 있다. 무섭지는 않다. 아니, 아무렇지도 않다. 애런은 녹색 뭉게구름 같은 타이그가 부풀어 오르다가 희미해져서 별들 사이를 떠도는 허깨비 생물이 되는 모습을 덤덤하게 지켜본다. 알뿌리같이 생긴 아기 손 하나가 천천히 흔들린다. 안녕, 안녕….

애런이 화들짝 놀라서 깨어보니 진짜 아침이었다. 그는 지독한 기분으로 비틀비틀 일어섰다. 밖으로 나가보니 비트렉스 벽 너머 책상에 솔란지가 앉아 있었다. 그 모습을 보자마자 기분이 나아졌다.

"솔란지! 도대체 어디 있었어?"

"문제가 한둘이 아니야, 애런." 솔란지는 수수한 꽃 같은 얼굴을 찡그렸다. "나와보면 알게 될 거야. 보급은 더 하지 않을게."

"나가지 않을지도 몰라." 애런은 뜨거운 컵을 뽑았다.

"응?" 솔란지는 당혹감을 드러냈다. "옐라스톤 선장님이 3주라고 했잖아. 그 기간은 끝났고 당신은 더할 나위 없이 건강해."

"난 그렇게 건강하다고 느끼지 않아, 솔란지."

"나오고 싶지 않아, 애런?" 솔란지의 검은 눈이 반짝거렸다. 가슴을 보니 안고 안기는 이미지가 떠올랐다. 비트렉스 벽 너머로도 몸이 달아올랐다. 애런도 마주 감정을 전하려고 애썼다. 그들은 이제 5년째 연인 사이로 지냈고, 애런은 성 충동이 낮은 사람다운 방식으로 솔란지를 무척 사랑했다.

"나가고 싶다는 거야 알잖아, 솔란지." 그는 코비

가 애런의 기록을 들고 들어오는 모습을 보았다.
"내 몸은 좀 어때, 코비? 외계 전염병의 징조라도 있나?"

솔란지의 얼굴이 다시 공감을 드러냈다. 미묘한 불안감이 보이는 얼굴이었다. 마치 애런의 생각을 실황중계 하는 것 같았다. 아마 솔란지는 브론토사우루스가 발가락을 다쳐도 공감해서 '저런'이라고 외칠 것이다. 아마 예수님의 죽음을 대한대도 똑같겠지만, 애런은 그런 점을 나쁘게 생각하지 않았다. 그저 누구에게나 열려 있을 뿐이었다. 솔란지는 방어벽이 낮았다.

"잠을 잘 자지 못한다는 사실만 빼면 눈에 띄는 문제는 없는데요, 보스."

"알아. 악몽을 꾸고 있어. 너무 흥분해서 그런지 묻혀 있던 불안이 일어나는 모양이야. 밖으로 나가면 다시 전체 검진을 해야겠어."

"의사가 이런저런 증상을 겪으면 다른 모두를 확인하려 드는 법이죠." 코비는 쾌활하게 말했다. 음흉한 빛이 거의 없었다. 그래, 코비는 기분이 좋았다. "그나저나 타이그가 깨어났어요. 막 소변을 봤습니다."

"잘됐군. 데리고 나와서 식사를 하게 할 수 있나 보겠네."

애런이 들어가 보니 타이그가 일어나 앉으려고 애쓰고 있었다.

"나와서 식사하겠나, 타이그?" 애런은 타이그에게서 전극과 관들을 떼어내고 부축해서 배급기로 데려갔다. 타이그는 솔란지를 보자 손을 올려 예전처럼 명랑하게 인사했다. 익숙한 동작을 능숙하고 빠르게 수행하는 모습을 보니 섬뜩했다. 잠시나마 모자란 부분이 감춰진 탓이었다. 타이그는 평범하게 쟁반을 받고 먹기 시작했다. 그러나 몇 입 먹고 나자 타이그의 목구멍에서 거친 소리가 튀어나오고 쟁반이 떨어졌다. 애런이 쟁반을 줍는 모습을 타이그는 비참한 얼굴로 바라보았다.

"내가 할게, 애런. 내가 들어가야겠어." 솔란지가 오염 방지복을 입고 있었다.

솔란지는 새 테이프 묶음을 가지고 들어왔다. 애런은 기록을 돌리려고 복도를 걸어갔다. 면담실은 평소에 정보처리실이었다. 그는 테이프가 전처럼 조금씩 돌아가는 동안 켄타우로스 호를 만든 사람들은 정말 제대로 일을 했다고 생각했다. 격리동

설비는 물론이고 모든 설비가 적절히 갖춰져 있었다. 두 번째 탐사선 켄타우로스 호…. 첫 번째 탐사선은 파이오니어 호였다. 파이오니어 호는 애런이 초등학교 3학년이었을 때 바너드별*을 향해 출발했다. 애런이 고등학생이었을 때 파이오니어 호에서 적색 신호가 돌아왔다. 아무것도 없다는 뜻이었다.

바너드별 주위에는 무엇이 돌까, 바윗덩어리? 기체 덩어리? 그는 영원히 알 수 없을 것이다. 파이오니어 호는 구체적인 통신을 보낼 만한 범위까지 돌아오지 못했기 때문이다. 파이오니어 호를 잃어버렸다는 선언이 나왔을 때 애런은 인턴이었다. 파이오니어 호가 정기적으로 보내던 암호는 끊어졌고, 그 방향에서는 새로 희미한 무선 신호가 방출되었다. 무슨 일이 일어났을까? 아무도 몰랐다…. 파이오니어 호는 훨씬 작고 느린 우주선이었다. 켄타우로스 호를 건조한 이들은 파이오니어 호가 아직 교신 거리에 있었을 때 받은 보고서들에 기초해서 설계를 다시 했다.

* 켄타우로스 알파성(알파 센타우리) 다음으로 지구에서 가까운 항성계

애런은 테이프에 다시 주의를 돌리고, 켄타우로스 호 역시 아무것도 찾아내지 못한다면 무슨 일이 일어날지 생각하지 않으려 했다. 그들 모두가 켄타우로스 호가 실패한다면 지구에는 다른 탐사선을 띄울 여력이 없다는 사실에 대해서는 생각하지 않도록 훈련받았다. 설령 다시 보낼 수 있다고 해도, 다음에는 어디로 가나? 9광년 떨어진 시리우스로? 희망이 없었다. 10년 전에도 켄타우로스 호를 건조할 에너지와 자원은 빠듯했다. 애런의 잠재의식은 지금쯤이면 이민선 선체를 분해하고도 남았을 거라고 중얼거렸다. 우리가 행성을 찾아낸다 해도 너무 늦었을지 모른다. 우리의 신호를 기다리는 사람이 남아 있지 않을지도 모른다.

그는 정신을 차리고, 악몽 때문에 일어난 상승점을 제외하면 테이프에 특별한 게 없다는 사실을 확인했다. 로리의 휴면 곡선도 조금 올라가 있지만, 경계선 안쪽이었다. 타이그의 기록은 어제 이후 조금 더 떨어졌다. 약해지고 있었다. 어째서?

짐을 쌀 시간이었다. 로리와 솔란지가 들어와서 마지막 진술을 기다리고 있었다. 옐라스톤 선장이 정중하게 요구한 대로였다. 애런은 관찰실로 돌아들어 가서 지켜볼 준비를 했다.

프랭크 포이가 제일 먼저 법석을 떨며 화면을 켜더니 표준응답 질문들을 돌렸다. 포이가 아직 그 작업을 하고 있는 사이, 엘라스톤 선장과 두 명의 정찰대장이 들어왔다. 애런은 이번에도 그들을 비춘 화면이 마음에 들지 않았다. 그래도 돈과 팀이 꽤 중립적인 표정을 유지하고 있다는 점은 인정할 수밖에 없었다. 우주비행 훈련을 받았으니 신체적인 굴욕에 대해서야 모르는 게 없겠지.

포이가 작업을 끝냈다. 엘라스톤 선장은 밀봉된 기록장치를 켜고 날짜를 입력했다.

포이가 질문을 시작했다. "케이 박사, 이 배로 돌아온 여행길에 대해서 말입니다만. 당신이 외계 생명체를 넣어 수송한 화물 모듈에는 당신이 생활한 제어 모듈에 연결된 관찰 시스템이 있었습니다. 그런데 그 부분을 용접해서 닫아놓았더군요. 당신이 용접했습니까?"

"네, 제가 했습니다."

"왜 용접을 했지요? 간결하게 대답해주세요."

"덧문만으로는 빛을 완전히 막을 수 없었습니다. 빛이 새면 제 주간 활동이 외계 생물에게 영향을 미칠 우려가 있었어요. 이 식물은 예민한 감광성을 보였기 때문에, 조명이 해를 끼칠 수도 있다고 생각했습니다. 이 식물은 우리가 이제까지 얻은 가장 중요한 생물종입니다. 모든 예방조치를 취해야 했습니다. 화물 모듈은 그 행성과 같은 22시간 주기로 조광을 단계별로 바꾸도록 만들어져 있었어요. 저녁 시간이 참 아름답고 긴 곳이죠."

포이는 나무라듯 기침을 했다.

"당신은 그 식물이 있는 곳을 용접해서 닫아두었습니다. 외계 생물이 두려웠나요?"

"아니요!"

"다시 묻겠습니다. 케이 박사, 당신은 그 외계 생물이 두려웠습니까?"

"아니요. 아닙니다…. 음, 그래요, 어떤 의미에서는, 조금은 그랬을지도 모르겠네요. 저는 내내 혼자 지낼 상황이었어요. 그 생명체가 무해하다는 점은 확신했지만, 어쩌면 빛을 향해 자라거나 자체 운동성을 갖게 될지도 모른다고 생각했죠. 흔한 점균류가 하나 있어요. 자동성 단계가 있는 균류인데 학명은 리코갈라 에피덴드룸(*Lycogala epidendrum*), 분홍콩점균이나 산호구슬이라고도 하죠. 혹시 그런 종류일지 알 수 없었어요. 그리고 식물의 발광 활동 때문에 제가 계속 깨어 있게 될까 봐 걱정했어요. 원래 잠을 자는 데 약간 어려움이 있어서요."

"그렇다면 외계 생물이 위험할 수 있다고 믿으시는 거군요?"

"아니에요! 이제는 그 식물이 아무 짓도 하지 않았다는 걸 알아요. 기록에서 확인하실 수 있을 거예요."

"케이 박사, 답변은 간결하게 해주세요. 다시 한 번 뚜껑을 용접해두었다는 사실로 돌아가보지요. 외계 생물을 보기가 두려웠습니까?"

"물론 아닙니다. 아니에요."

애런은 포이가 정말 이상하다고 생각했다. 생각보다 더 상상력이 풍부했다.

"케이 박사, 당신은 용접기가 행성에 남아 있다고 진술하고 있습니다. 그 이유가 뭡니까?"

"구 대장에게 필요했어요."

"그리고 정찰선에 보통 비치하는 공구도 전량 사라졌습니다. 그 이유는요?"

"그들에겐 모든 것이 필요했어요. 무엇인가 잘못되더라도 저는 고칠 수 없었을 테니, 제게는 연장이 소용이 없었죠."

"다시 말씀드리는데 짧게 답하세요. 케이 박사님."

"죄송합니다."

"혹시 오는 길에 스스로 외계 생물의 봉인을 뜯을 수단을 갖고 있기가 두려웠나요?"

"아니요!"

"다시 묻겠습니다. 케이 박사, 외계 생물에게 이어지는 출입구를 뜯을 수 있는 수단을 갖고 있기가 두려웠습니까?"

"아닙니다."

"다시 묻겠습니다. 외계 생물을 꺼낼 수단을 갖고 있기가 두려웠습니까?"

"아닙니다. 그런 바보 같은…."

포이는 들고 있던 테이프에 표시했다. 애런은 테이프 없이도 로리의 초조함을 알 수 있었다. 아아, 도대체 무엇에 대해 거짓말을 하고 있는 거지?

"케이 박사, 다시 묻…." 포이가 끈덕지게 말하려는데 옐라스톤 선장이 한 손을 들어 올렸다. 포이는 볼을 부풀리고 진로를 바꿨다.

"케이 박사, 행성 착륙 첫째 날 이후로 컴퓨터에 자료를 저장하지 않은 이유를 다시 한번 설명해주시겠습니까?"

"자료는 모았어요. 엄청난 양의 자료였죠. 컴퓨터에 입력도 했는데 덤프 주기 때문에 저장이 되질 않았어요. 아무도 확인해볼 생각을 하지 못했어요. 평범한 기능 이상이 아니었으니까요. 우리가 잃어버린 자료를 생각하면 끔찍해요. 메이린과 리우가 생태지리적인 강바닥 윤곽이며 생물상이며 전부 다 조사했는데…."

로리는 어린아이처럼 입술을 깨물었다. 주근깨 주위가 붉어졌다. 10년이나 우주에서 보냈는데도 로리에게는 여전히 주근깨가 있었다.

"당신이 그 자료를 버렸습니까, 케이 박사?"

"아니요!"

"제발, 케이 박사. 이제 구 대장이 녹음했다고 주장하신 음성 기록에 대해 기억을 환기시키고 싶습니다." 포이가 스위치를 건드리자 희미한 목소리가 나왔다.

"매우… 좋소, 케… 이 박사. 당신은…가요."

그래, 구 대장의 목소리였다. 애런은 음성인식이 일치한다는 사실을 알고 있었다. 그러나 인간의 귀는 그 목소리를 좋아하지 않았다.

"구 대장이 이 말을 할 때 건강한 상태였다고 주

장하십니까?"

"네. 물론 지쳐 있기는 했죠. 우리 모두 지쳐 있었어요."

"부디 제한된 답변만 해주세요, 케이 박사. 다시 묻겠습니다. 구 대장은 이 말을 녹음했을 때 피로에 지쳤을 뿐 육체적으로 건강한 상태였습니까?"

"네."

애런은 눈을 감았다. 로리, 무슨 짓을 한 거니?

"다시 묻겠습니다. 구 대장은 육체적, 정신적으로 정상…."

"아, 알았어요!" 로리는 좌절해서 고개를 저었다. "그만 해요! 제발, 이 말은 하고 싶지 않았어요, 선장님." 로리는 옐라스톤 선장을 숨기고 있을 빈 화면을 노려보며 심호흡을 했다. "정말 사소한 일이에요. 거기서… 거기서 의견 차이가 있었어요. 둘째 날에요."

옐라스톤 선장은 포이에게 손가락을 들어 경고했다. 두 정찰대장은 석상이 되어 있었다.

"두 사람이 우주복을 벗어도 안전하다고 생각했어요." 로리는 침을 삼켰다. "구 대장은… 동의하지 않았죠. 그래도 두 사람은 우주복을 벗었어요. 그래도 아무렇지도… 그들은 정찰선으로 돌아오지 않으려 했어요. 바깥에서 야영하고 싶어 했죠." 로리는 호소하듯 위를 쳐다보았다. "그 행성은 정말 쾌적했고, 우린 정찰선에서 너무 오래 지냈으니까요."

포이는 사냥감 냄새를 맡고 바로 달려들었다.

"구 대장이 우주복을 벗고 상태가 나빠졌다는 말입니까?"

"아, 아니에요! 그저…, 갈등이 있었어요." 로리는 고통스럽게 말했다. "대장은, 구 대장은 후두부에 멍이 들었어요. 그래서…." 로리는 울음을 터뜨리기 직전까지 몰려서 의자에 축 늘어졌다.

옐라스톤 선장이 일어서서 포이를 스피커에서 불러냈다.

선장은 차분하게 말했다. "이해할 만해요, 박사. 영웅적인 노력을 기울여 홀로 기지까지 돌아온 후에 그런 보고를 하려니 엄청난 부담이었겠지. 이제는 우리도 완전한 해명을 얻은 것 같군…."

포이는 어리둥절해서 그 장면을 바라보고 있었다. 그가 사냥감을 쫓기는 했지만 그건 엉뚱한 사냥감이었다. 애런은 이제 이해했다. 매사에 지나치게 민감한 중국인답게 공식 기록에 내부 불화가 남는 것은 바람직하지 않다고 보았겠지. 암시, 또 암시뿐. 구 대장의 부하들 사이에 싸움이 있었고, 누군가가 차이나플라워 호의 메모리를 지워버린 것이다.

그게 로리의 비밀이라니. 애런은 안도감에 취해서 숨을 몰아쉬었다. 겨우 그런 것이었군!

암시에 노련한 옐라스톤 선장이 매끄럽게 말을 이었다. "알겠어요, 박사. 구 대장이 식민화를 시작하기로 결정하고, 당신이 그 보고서를 우리에게 전달하면 지구로 신호를 보낼 수 있다고 판단함으로써 상황이 빨리 수습되었겠지. 실제로 당신은 그렇게 했고."

"네, 선장님." 로리는 고마운 기색이었다. 아직도 몸을 떨고 있었다. 로리가 어떤 종류의 폭력이든 질색한다는 사실을 모르는 사람은 없었다. "제게 좋지 않은 일이 일어났어도, 중간지점을 지난 정찰선은 자동으로 움직였어요. 무사히 여기까지 왔고, 선장님이 건져내셨죠."

로리는 차이나플라워 호의 신호가 켄타우로스 항성들로부터 나오는 전자 신호를 뚫고 전해졌을 때 자신은 궤양성 출혈로 의식을 잃고 있었다는 사실을 굳이 언급하지 않았다. 돈과 팀이 정찰선에 줄을 걸어 켄타우로스 호 안으로 들이는 데 하루가 걸렸다. 애런은 애정 어린 눈으로 로리를 보았다. 내 어린 누이, 초인적인 여자. 나라면 그럴 수 있었을까? 묻지도 말라.

애런은 옐라스톤 선장이 그 행성의 위성들에 대해 무해한 질문을 몇 개 던지고 화면을 쌍방향으로 열어서 로리에게 공식적인 칭찬을 전하는 동안 기쁜 마음으로 귀를 기울였다. 포이는 여전히 눈만 껌벅이고 있었다. 정찰대장 두 명은 몸이 근질거리는 호랑이들 같았다. 아, 행성이라니! 그들은 로리에게 호의적으로 눈인사를 하고, 마치 옐라스톤 선장의 정수리에서 녹색 신호가 튀어나오기를 바라는 듯한 눈으로 선장을 흘끔거렸다.

옐라스톤 선장이 애런에게 의학적인 확인을 요청했다. 애런이 문제가 없다고 확정하자 격리 기간은 공식적으로 끝났다. 솔란지가 로리에게 매인 선을 풀기 시작했다. 지휘부는 밖으로 나가고, 옐라스톤 선장은 애런에게 슬쩍 눈짓했다. 아무 표정이 없어도 애런은 알아볼 수 있었다. 선장은 애런이 저녁에 늘 가져가던 물건을 들고 방에 찾아가기를 기대하고 있었다.

애런은 안도감을 음미하기 위해 뜨거운 차를 뽑아서 침실로 가져갔다. 그는 로리가 정말 대단한 일을 했다고 생각했다. 중국인들이 어떤 소동을 벌였든 로리는 상당히 충격받았을 것이다. 그는 기억했다. 내가 하키를 하면 로리는 두드러기를 일으키곤 했지. 하지만 로리는 정말로 성장했다. 기록 시간 내내 피비린내 나는 세부 사항은 누설하지 않았다. 임무를 망치지 않으려고 말이다. 그 멍청이 포이는…. 애런은 마음속에 품은 로리의 얼굴에게 말했다. 누이야, 정말 잘했어. 너는 보통 우리의 불완전함에 그렇게 이해심을 보이지 않는 편인데….

마음속에 떠오른 로리의 얼굴은 수수께끼 같은 미소를 머금은 채 움직이지 않았다. 보통은 별로 이해심이 없다고? 애런은 얼굴을 찌푸렸다.

정정하자. 로리는 인간의 불완전함에 대해 이해심을 보인 적이 단 한 번도 없었다. 로리는 결코 외교적인 사람이 아니었다. 내가 소란을 피우지 않았다면 로리는 이 우주선 안에 있는 대신 대뇌 피질에 화상을 입고 교정 시설에 들어갔을 것이다. 그리고 불쌍한 잰잉과 일할 때도 로리는 변함없이 날카로웠다. 정찰선에서 1년을 혼자 지냈더니 기적이라도 일어났나?

애런은 메스꺼운 기분으로 생각에 잠겼다. 그는 기적을 믿지 않았다. 로리가 사람들의 단합을 깨뜨릴까 봐 공들여 거짓말을 한다? 그는 고개를 저었다. 그럴 리가 없었다. 달갑지 않은 사실이 떠올랐다. 로리의 이야기가 실제로 지킨 게 있다면 로리 자신의 신용이었다. 중국인들 사이에서 다툼이 일어난 것은 사실이라고 치자. 로리가 그 점을 이용해서, 포이가 그 내용을 끌어내게 만들어서 테이프에 나타난 상승점을 설명했다면? 프랭크 포이의 신문으로부터 스스로를, 그리고 또 무엇인가를 지키려고? 로리에게는 그런 생각을 할 시간이 있었다. 충분한 시간이….

애런은 진저리를 치고 성큼성큼 걸어 나가다가 방에서 나오는 로리와 부딪쳤다.

"안녕!" 로리는 손에 작고 간소한 가방을 하나 들고 있었다. 애런은 아직 머리 위에 스캐너들이 있음을 되새겼다.

"나가게 되어 기쁘니?" 애런이 자신 없이 물었다.

"아, 난 상관없었어." 로리는 코를 찡그렸다. "전체를 위해서 합리적인 예방조치였는걸."

"예전보다 뭐랄까, 음, 관대해진 모양이구나."

"맞아." 로리는 스캐너에 누이다운 장난기로 보일 표정을 지으며 그를 보았다. "옐라스톤 선장님이 언제 내가 가지고 온 생물을 조사할 계획인지 알아?"

"아니. 곧 하겠지."

"잘됐네." 애런은 로리의 눈빛에 담긴 웃음기에 화가 났다. "정말은 오빠를 위해 가져온 거야. 우리 둘이 같이 보고 싶었어. 그해 여름에 섬에서, 우리가 어떻게 서로의 보물을 공유했는지 기억해?"

애런은 무슨 말인가를 웅얼거리고는 망연자실해서 방으로 돌아갔다. 그는 내장을 걷어차인 사람처럼 눈을 꽉 감고 있었다. 로리, 이 작은 악마…. 어떻게 그럴 수가 있지? 마음속에 열세 살짜리 로리의 몸이 아른거리며 그의 성기에 손쓸 수 없는 열기가 전해졌다. 그에게는 영원히 낙인이 찍혀 있었다. 어린아이 같은 가슴에 돋은 장밋빛 젖꼭지, 벗은 불두덩, 홍조를 띤 진주 같은 음순. 영영 잃어버린, 그 믿을 수 없는 달콤함. 그는 열다섯 살이었고, 부모가 죽기 1년 전에 오길비 주둔지의 사관용 휴양지 안에 있는 전나무 섬에서 두 사람의 동정에 종지부를 찍었다. 애런은 혹시 그때 두 사람의 영혼도 잃어버린 걸까 생각하면서 신음했다. 영혼의 존재를 믿지 않으면서도 말이다. 아, 로리…. 그가 아프도록 그리워하는 것이 정말로 그의 잃어버린 유년기일까?

애런이 다시 신음했다. 그의 대뇌수질이 영원히 로리만을 사랑할 것이고 로리 역시 그만을 사랑하리라 노래하는 동안에도, 그의 대뇌피질은 로리가 무엇인가를 꾸미고 있음을 알았다. 그런 사건들을 대수롭지 않게 여기다니, 심지어 건강하다고까지 여기다니 저주받을 선발위원회!

코비가 고개를 들이밀었다. "나오는 건가요, 보스? 지금 열고 있는데요. 여기를 좀 소독해야겠어요."

애런은 생각을 털어내고 코비의 직무 일지를 확인하러 나갔다. 따라잡아야 할 일이 많았다. 나중에, 좀 더 마음이 가라앉으면 로리를 찾아가서 진실을 끌어내리라.

그는 이제 열린 비트렉스 벽을 통과하면서 자유가 얼마나 상쾌한지 되새겼다. 직무 일지를 보니 불면증을 호소하는 사람이 세 명 더 있었다. 다 합하면 네 명이었다. 캐나다 출신의 영양 담당 앨리스 베리먼은 변비에 걸렸다. 외계 생물학자 잰잉은 편

두통을 앓았다. 벨기에 출신 화학자인 반더발은 등에 다시 경련이 일어났다. 나이지리아 출신의 사진팀장은 눈이 아팠고, 그의 러시아인 조수는 발가락 뼈에 금이 갔다. 그리고 고물카의 손가락 관절 문제도 있었다. 누구를 때렸는지는 드러나지 않았다. 파벨의 발가락을 망가뜨린 게 고물카라면 또 모르지만…, 그럴 리는 없었다. 켄타우로스 호 치고는 환자 목록이 길었다. 현재의 흥분 상황을 고려하면 그럴 만도 했다.

솔란지가 격리동에서 쓴 바이오모니터 한 무더기를 안고 부산스럽게 움직였다. "할 일이 정말 많아, 애런. 타이그는 이제까지 있던 곳에 머물겠지? 아니야? 타이그에게 연결된 장치는 놔뒀는데." 솔란지는 아직도 장치를 '즈앙치'처럼 발음했다.

애런은 따듯해진 마음으로 솔란지가 입력선을 감는 모습을 지켜보았다. 솔란지는 몸집에 비해 놀랍게 힘이 셌다. 얼마나 매력적이고 귀여운 사람인지. 솔란지가 어떤 종류의 신경 회로 고장에 대해서도 능력을 발휘한다는 사실을 불사가의하다거나 매력적이라고 여겨서는 안 되겠지만 말이다.

"타이그는 별로 좋아지지 않을 거야, 솔란지. 당

신이나 코비가 어느 정도 데리고 다니면서 기운을 북돋을 수는 있겠지. 하지만 어떤 경우에도 타이그를 혼자 두지는 마. 단 한 순간도."

"알고 있어, 애런." 솔란지는 양손으로 감지기 상자들을 이리저리 치면서 간호 목록 너머로 얼굴을 내밀었다. "나도 알아. 사람들이 타이그가 돌아다닌다고 말하는 거."

"그래… 당신은 음, 당신은 불안 증상 같은 건 없지? 악몽이라거나?"

"당신에 대한 악몽뿐인걸." 솔란지는 강조하듯이 캐비닛을 닫으며 눈을 반짝이고, 다가와서 애런의 머릿속에 있는 고장 난 회로에 손을 댔다. 그는 고마운 마음으로 솔란지의 엉덩이를 감싸 안았다.

"아, 솔란지. 당신이 그리웠어."

"아, 불쌍한 애런. 하지만 지금은 아래층에 큰 회의가 있어. 1500시니까 20분 후야. 그리고 당신은 내가 타이그를 돌보도록 도와줘야 해."

"그렇지." 애런은 마지못해 달콤한 평온을 놓아줬다.

1500시 무렵, 그는 모호하게 안정을 찾은 상태로 중력이 지구 수준에 달하는 주 공동 구역으로 향했다. 이 고리 모양의 공용실은 설계자들의 의도대로 켄타우로스 호에서 가장 쾌적한 곳이었다. 사실상 오락시설이기도 했다. 애런은 은목서 화분 주위를 돌아서 농장에서 온 식물들의 향기가 풍기는, 선체를 빙 둘러 뻗어나가는 거대한 도넛 모양의 공간을 내다보았다. 가와바타 팀이 새로운 식물들을 들여온 게 분명했다.

익숙하지 않은 목소리와 음악 소리가 조금은 위협적으로 느껴졌다. 그는 다채로운 빛과 그림자들 속을 들여다보고, 사방에 있는 사람들을 보았다. 그는 거대한 고리의 익현(翼弦)밖에 볼 수 없었다. 고리는 양쪽 끝에서 솟아오르기 때문에, 제일 멀리 자리 잡은 식물들 저편으로는 기울어진 다리와 발들밖에 보이지 않았다. 1년에 한 번 켄타우로스 호의 회전이 멈추고 바닥 현창이 열리는 휴일인 '자유낙하 일' 이후로 이렇게 많은 사람이 여기 모인 광경은 처음이었다. 몇 번 있었던 조망일에도 사람들은 숨어 들어가서 혼자 보기를 더 좋아했다.

지금은 모두가 이 자리에 모여서 활발하게 대화를 나누고 있었다. 어느 전시물 주위를 움직이고 있기도 했다. 애런이 미리암 스타인을 따라가서 보니 멋진 배후 조명을 받고 있는 사진들이었다.

로리의 행성.

차이나플라워 호의 카메라로 찍은 작은 사진을 몇 장 보기는 했지만, 이렇게 확대해놓으니 압도적이었다. 궤도에서 본 행성은 꽃무늬 직물 같았다. 지형은 오래된 듯, 침식으로 완만해졌다. 산맥은 화려하고 거대한 장미꽃 문양을 얹었는데 레몬빛, 산호빛, 에메랄드빛, 금빛, 터키옥빛, 탁한 초록빛, 오렌지빛, 라벤더빛, 진홍빛…. 애런이 이름을 붙일 수 없는 수많은 다른 빛깔들로 나부끼는 미로들이 그 주위를 겹겹이 둘러싸고 있었다. 외계 식물이겠지. 아름답구나! 애런은 멍하니 사진을 보느라 어깨를 부대끼는 사람들도 의식하지 못했다. 저 '식물'들은 몇 킬로미터씩 뻗어 있는 게 분명했다!

다음 사진들은 대기권에서 찍어서 지평선과 하늘이 보였다. 로리의 행성 하늘은 자줏빛이 섞인 푸른색으로, 가장자리가 진줏빛인 새털구름들이 드문드문 박혀 있었다. 또 다른 사진에는 바다인지 호수인지 모를 투명한 은록색 바탕에 코발트빛 혈관이 비치는 높층구름이 드리운 모습이 보였다. 황홀한 광경이었다. 모든 풍경이 온화했다. 잔잔한

물이 찰싹거리는 매끄러운 하얀 해변이 한없이 뻗어나갔다. 더 멀리 가면 안개 낀 꽃산이 있었다.

"굉장하지 않아요?" 앨리스 베리먼이 애런 쪽으로 중얼거렸다. 베리먼은 얼굴을 붉히고 숨을 거세게 몰아쉬고 있었다. 애런의 머릿속에 든 의사는 베리먼의 변비 문제는 이제 해결된 게 분명하다는 추측을 내놓았다.

두 사람은 함께 공용실의 취미 구획과 벽감을 가로지르며 이어지는 사진 전시를 따라갔다. 엄청난 식물군과 그 식물들의 환상적인 색채와 다양함은 봐도 봐도 질리지 않았다. 식물의 크기를 가늠하기는 어려웠다. 사진실에서 여기저기에 눈금자며, 열매나 거대한 씨앗 무리로 보이는 부분을 가리키는 화살표들을 그려 넣었다. 아킨의 팀원들이 눈을 잃고 발가락을 다친 것도 무리가 아니었다. 굉장한 작업이었다. 어느 새장 주위를 돌자 '식물'들의 생체발광이 보이는 아름다운 야간 사진들이 나왔다. 기묘한 오로라 같은 색깔들이 계속 깜박거리고 변화하는 것 같았다. 그곳의 밤은 어떻겠는가! 애런은 검은 하늘을 들여다보고 로리의 행성에 딸린 두 개의 작은 달을 알아보았다. 정말이지 로리의 행성이라고 부르는 짓은 그만해야지. 누군가의 이름이 붙어야 한다면 구 대장의 행성일 테고, 공식적으로는 뭔가 음침한 이름이 붙을 게 뻔했다.

구관조가 짹짹거리면서 애런의 관심을 체스용 벽감 속에 붙은 다른 사진으로 끌어당겼다. 분리된 열매송이처럼 보이는 식물에 적외선과 고주파 대조를 적용하여 확대한 사진이었다. 로리가 흙과 물 등의 표본과 함께 가져온 것도 이렇게 따로 떨어진 송이였다. 애런은 사진을 찬찬히 뜯어봤다. 그 '열매'는 살짝 따뜻해서, 복사열이 배경보다 세 배는 높았다. 그리고 발광성이기도 했다. 휴지(休止) 상태는 아니었다. 애런은 그 식물이 지금 그의 어깨에서 쭉 뻗어나간 선상에 존재한다는 사실을 의식하며 타당한 선택이라고 생각했다. 그 식물은 위협적인가? 네가 나에게 악몽을 선사하는 거냐, 식물아? 그는 탐색하듯이 사진을 응시했다. 보기에는 위협적이지 않았다.

수조들을 지나자 컴퓨터가 메모리를 비우기 전에 찍힌 지상 사진들이 나왔다. 거의 실물 크기로 뽑은 공식적인 최초 착륙 사진에는 차이나플라워호의 문 옆에 우주복과 헬멧을 갖추고 선 모두의 모습이 보였다. 사람들 뒤로 편편한 해변이 뻗어나가고 까마득히 멀리 바다가 보였다. 사람들의 얼굴은 거의 보이지 않았다. 애런은 파란 우주복을 입은 로리를 알아봤다. 로리 옆에는 오스트레일리아 여자가 서 있는데, 장갑 낀 손이 구 대장의 항해사에게 가까이 붙어 있었다. 그 항해사도 구 씨였다. '작은' 구 씨는 키가 2미터라서 쉽게 알아볼 수 있었다. 그 무리 앞에는 UN 깃발을 매단 깃대가 있었다. 우스꽝스러운 일이었다. 애런은 목이 메었다. 어이가 없고, 그러면서도 놀라웠다. 깃발이 휘날리고 있었다. 그 행성에 바람이 있다는 뜻이었다. 움직이는 공기라, 상상해보라!

이제까지는 넋이 나간 나머지 전시 사진 옆에 붙은 글을 읽지 못했지만, 이제는 '바람'이라는 단어가 주의를 끌었다. 그는 내용을 읽었다.

10에서 40노트. 기간 내내 계속됨. 우리는 착생형인 지배 생물종이 톱니 모양의 '잎' 사이를 계속 움직이는 공기로부터 어느 정도 영양분을 얻는다고 추정한다(대기 분석을 볼 것). 생식체나 꽃가루를 닮은, 공기로 운반되는 세포 유형을 몇 가지 조사해보았다. 지배적인 식물 형태의 생명체는 씨를 흩뿌리는 방식으로 재생산을 하는 듯하지만, 긴 진화 역사의 정점을 보여주는지도 모른다. 몇 미터 크기에서부터 단세포까지 범위를 아우르는 덜 분화한 생물들을 200가지 넘게 임시로 감정했다. 자체 운동성이 있는 생명체는 어떤 종류든 발견되지 않았다.

사진을 더 자세히 들여다보니 전경에 지의류 같은 작은 성장물과 부드러워 보이는 덤불이 양탄자처럼 덮여 있었다. 더 작은 종들이었다. 애런은 차이나플라워 호의 화물칸 입구 밖으로 탈것들을 끌어내는 대원들을 보여주는 일련의 사진을 지나서 전시 마지막 부분에 모여선 사람들에게 부딪쳤다.

"저걸 봐." 누군가가 한숨을 내쉬었다. "저것 좀 보라고." 그 무리가 지나가고 나자 애런에게도 보였다. 마지막 사진에는 우주복을 입은 세 사람이 찍혔는데, 헬멧을 벗고 있었다.

애런은 눈을 크게 떴다. 속이 울렁거렸다. 메이린이 짧은 머리를 바람에 흩날리고 있었다. 리우엔도는 맨머리를 돌려 거대한 꽃의 성들에 덮인 언덕들을 보고 있었다. 그리고 '작은' 구 씨는 카메라를 향해 활짝 웃고 있었다. 세 사람 바로 뒤에는 바람에 구부러진 주홍빛 레이스 모양의 잎들에 뒤덮인 산등성이가 보였다.

공기, 자유로운 공기! 애런은 그 달콤한 바람을 느낄 수도 있을 것 같았다. 그 속으로 몸을 던져 초원을 가로지르고 언덕 위까지 걸어 다니고 싶은 마음이 간절했다. 낙원. 바로 이 순간 이후에 승무원들이 악취 풍기는 우주복을 벗어 던지고 우주선으로 돌아가지 않겠노라고 했을까?

누가 그들을 탓할 수 있겠는가. 적어도 애런은 아니었다. 그들은 행복해 보였다! 우리가 살아 있던 때를, 정말로 살던 때를 기억하기도 힘들었다. 애런의 마음 한구석은 브루스 장을 기억했다. 브루스가 이 사진 옆에 지나치게 오래 머물지 말아야 할 텐데.

군중을 따라가다 보니 이제 공용실의 환상면을 반쯤 돌았다. 애런은 평소에 도서관으로 쓰이는, 개별 콘솔 좌석이 꽉 들어찬 넓은 구역에 들어섰다. 도서관의 개인용 칸막이를 다 내리면 드물게 전체 회의를 열 때 쓰는 공간이 된다. 가운데에는 연단이 있는데, 말하는 사람의 몸이 거의 다 보이게 만들어져 있었다. 연단은 지금 비었다. 연단 너며 화면은 우주선 앞에 놓인 별밭을 비췄다. 애런과 그의 동료들은 해마다 그 화면에서 켄타우로스 항성들이 커지다가 둘로 나뉘고, 다시 넷으로 나뉘는 모습을 지켜보았다. 이제 그 화면에는 항성 하나만 보였다. 로리의 행성을 거느리고 타오르는 거대한 알파성의 모습이었다.

몇 사람이 회의를 기다리면서 스캐너를 이용하고 있었다. 애런은 팀 브론의 항해사인 폴리 대위의 등을 알아보고 그 옆에 앉았다. 폴리는 덮개 속에 머리를 파묻고 있었다. 콘솔에 뜬 제목은 '감마 켄타우로스 탐사. 5, 로리 케이 박사의 음성 보고, 인용'이었다. 로리의 원래 서술 내용이리라. '말다툼'은 들어가 있지 않겠지.

폴리가 기계를 끄고 덮개를 내렸다. 언뜻 보니 폴리는 꿈꾸는 듯한 미소를 지으며 애런을 지나쳐 허공 어딘가를 보고 있었다. 알스트롬이 바로 옆에 앉아 있었다. 믿을 수 없는 일이지만 알스트롬도 웃는 얼굴이었다. 애런은 줄지어 앉은 얼굴들을 날카롭게 둘러보면서 생각했다. 난 3주 동안 격리되어 있었지. 그 행성이 그들에게 무슨 짓을 하고 있는지 몰랐어. 그들…? 애런의 근육이 긴장했다.

연단으로 향하는 옐라스톤 선장은 사람들의 질문 때문에 계속 멈춰 섰다. 애런은 몇 년 동안 그렇게 많은 잡담을 들은 적이 없었다. 너무 많은 사람이 움직여 다니는 통에 주위가 더워지는 것 같았다. 애런은 이제 군중이 익숙하지 않았다. 그들 모두가 그랬다. 겨우 60명인데도 말이다. 맙소사, 만약 지구에 돌아가야 한다면? 생각만 해도 끔찍했다. 애런은 배 뒤편을 보여주는 다른 화면이 있었던 항해 첫해를 기억했다. 그 화면으로는 점점 작아지고 멀어져가는 노란 태양이 보였다. 불쾌한 발상이었기에 곧 폐지되었다. 만약 로리의 행성에 어딘가 문제가 있다면, 독성이 있다거나 그렇다면… 방향을 돌려서 10년 동안 다시 커지는 태양을 지켜보아야 한다면? 견딜 수 없었다. 그렇게 되면 애런은 끝장이었다. 모두가 끝장이었다. 그러고 보니 다른 사람들도 이런 생각을 하고 있을 게 분명했다. 박사, 이거 문제가 있겠어. 그것도 아주 큰 문제가 말이야. 하지만 그 행성은 괜찮겠지. 괜찮아 보였다. 아름다워 보였다.

사람들이 조용해져서 옐라스톤 선장의 연설을 기다렸다. 애런은 반대쪽 벽 근처에서 솔란지의 모습을 포착했다. 코비가 그 옆에 있고 두 사람 사이에 타이그가 있었다. 그리고 다른 쪽 벽에는 로리가 돈과 팀과 함께 앉아 있었다. 로리는 법정에 선 강간 피해자처럼 제 몸을 꼭 끌어안고 있었다. 직접 기록한 내용이 스캐너에 걸렸다는 점이 괴로운지도 몰랐다. 애런은 어느새 옐라스톤 선장의 첫마디를 놓쳤다는 사실을 깨닫고 늘 그러듯 로리에 대해서는 한없이 민감한 자신을 저주했다.

"…희망을 이제 기쁘게 받아들이게 되었습니다." 말을 아끼면서도 따듯한 목소리였다. 그리고 켄타우로스 호에서 자주 듣지 못하는 목소리이기도 했다. 옐라스톤 선장은 연설을 즐기는 사람이 아니었다. "여러분과 공유해야 할 생각이 있습니다. 분명히 다들 생각했을 겁니다. 최근 몇 년 동안 여가 시간이 많았던 덕분에…." 선장은 잠시 말을 멈추고 의례적인 미소를 짓고는 다시 말을 이었다.

"우리 행성에 대한 인류의 탐사와 이주 역사를 많이 읽었습니다. 물론 대부분 역사는 기록되지 않았지요. 그러나 새로운 식민지의 역사에서 되풀이, 또 되풀이해 나타나는 요소가 하나 있습니다. 사람들이 새로운 거주지로 이동하려다가 무시무시한

참사로 고통받았다는 사실입니다. 심지어 우리의 고향 세계라는 편리한 환경에서조차 그랬습니다.

예를 들어, 유럽인들이 아메리카 북동부 해안에 정착하려 했을 때도 그렇습니다. 초기 스칸디나비아인들의 식민지는 몇 세대를 버티다가 사라졌습니다. 비옥한 땅에 지어진 최초의 영국 식민지였던 날씨 온화한 버지니아는 재난을 만났고 생존자들은 고향으로 돌아갔습니다. 플리머스는 결국 성공했지만, 계속해서 새로운 인구가 조달되었기 때문에 성공했을 뿐입니다. 유럽에서 이민자가 계속 갔고 선주민 인디언들이 도왔지요. 그들을 덮친 재앙은 특히 제 흥미를 끌었습니다.

그들은 원래 북유럽에서, 위도 50도 이상에서 살았습니다. 북유럽의 겨울은 멕시코 만류가 해안을 따뜻하게 데우기 때문에 온화합니다만, 당시에는 이 만류를 이해하지 못했습니다. 그들은 더 따뜻한 땅이 있을 줄 알고 남서쪽으로 항해해 갔어요. 당시 매사추세츠는, 그런 곳을 상상할 수 있다면 말이지만 공원처럼 야생림에 덮여 있었고, 그들이 상륙했을 때는 따뜻한 여름이었습니다. 그러나 겨울은 일찍이 경험한 적 없는 매서운 추위를 몰고 왔습니다. 북아메리카 해안에는 기온을 따뜻하게 만드는 해류가 없으니까요. 우리에게는 간단한 문제입니다. 그러나 당시의 기술지식으로는 그런 상황을 내다보지 못했고 그들의 자원으로는 그런 겨울에 대처할 수 없었습니다. 매서운 추위에 질병과 영양부족이 더해지니 최악이었습니다. 그들은 끔찍한 희생을 겪었습니다. 생각해보십시오. 그 식민지에는 결혼한 여성이 열일곱 명 있었습니다만, 첫 겨울에만 열다섯이 죽었습니다."

옐라스톤 선장은 잠시 말을 멈추고 사람들 머리 위를 훑어보았다.

"다른 수많은 식민지에도 비슷한 불운이 닥쳤습니다. 미처 내다보지 못한 더위, 혹은 가뭄, 혹은 질병, 혹은 포식동물로 말입니다. 나는 또한 내 조국인 뉴질랜드와 오스트레일리아에 정착한 유럽인들, 그리고 태평양 섬들을 식민화한 사람들을 생각합니다. 지구의 고고학 기록은 어느 지역에 도착했다가 사라져버린 사람들의 예로 가득합니다. 여기에서 인상적인 부분은 이런 재난이 우리가 현재는 인간의 삶에 대단히 호의적이라고 간주하는 곳들에서 일어났다는 점입니다. 그 사람들은 그저 우리의 친숙한 지구, 우리가 진화한 지구에서 조금 다른 지역으로 이동했을 뿐입니다. 그들은 친숙한 우리 태양 아래 있었고, 우리 공기와 중력 속에 있었습니다. 그저 작은 차이에 맞닥뜨렸을 뿐입니다. 그런데도 그 작은 차이가 그 사람들을 죽였어요."

선장은 이제 사람들을 똑바로 바라보고 있었다. 섬세하고 밝은 초록빛 도는 눈동자가 서두르지 않고 사람들의 얼굴을 하나하나 짚어나갔다.

"나는 구 대장이 우리에게 보낸 이 새로운 행성의 눈부신 사진들을 보면서 이런 역사를 다시 떠올려야 한다고 믿습니다. 이곳은 지구의 어느 구석도 아니고, 화성 같은 공기 없는 사막도 아닙니다. 인간이 밟아본 최초의 완전한 외계 행성입니다. 우리는 이 행성의 진정한 성질과 조건에 대해, 영국 이민자들이 아메리카의 겨울에 대해 몰랐던 것보다 더 알지 못하는지도 모릅니다.

구 대장과 그 대원들은 용감하게 자원하여 이 행성의 생존 가능성을 시험했습니다. 이 사진들 속에서 그들은 아무 탈 없이 편안해 보입니다. 그러나 이 사진들이 찍힌 후 1년이 지났다는 사실, 그러니까 대원들이 야영지에 빈약한 자원만 갖춘 채

1년을 보냈다는 사실을 여러분이 떠올렸으면 합니다. 물론 우리는 대원들이 오늘도 살아 있고 잘 지내고 있기를 희망하고, 또 그러리라 믿습니다. 그렇다고 해도 예측하지 못한 위험이 대원들을 공격했을 가능성이 있다는 점은 기억해야 합니다. 그들은 상처를 입거나, 병들거나, 지독한 궁핍을 겪고 있을 수도 있습니다. 나는 이 점을 명심해야 한다고 믿습니다. 여기에 있는 우리는 안전하고 건강하며, 주의 깊게 다음 단계로 나아갈 수 있습니다. 그들은 그럴 수 없을지도 모릅니다."

애런은 훌륭한 지적이라고 생각했다. 여기저기에서 선장의 짧은 설교에 입술을 일그러뜨리는 얼굴이 보이기는 했지만, 대부분의 표정은 애런과 비슷했다. 감동하고 분별을 찾은 얼굴. 선장은 언제나처럼 우리의 지도자였다. 그리고 선장은 차이나 플라워 호의 대원들에게 품은 우리의 질투심을 무디게 만들었다. 지독한 궁핍이라니, 훌륭한 옛날식 표현이었다. 그들이 정말로 지독한 궁핍 상태에 있을 수도 있을까? 옐라스톤 선장은 로리에 대한 축하말로 연설을 맺고 있었다. 애런은 흠칫해서 로리에 대한 의심, 로리가 무엇인가를 숨기고 있다는 확신을 다시 생각했다. 그런 나도 10분 전에는 그 행성에 뛰어들 태세였지. 애런은 스스로를 꾸짖었다. 나는 균형을 잃고 있다. 이런 심한 기분 변화는 좋지 않다. 한 가지 생각이 스며들었다. 구 대장에 대한 생각이었다. 잊었던 생각이 떠올랐다. 그래. 후두부를 다쳤다면 쉰 목소리가 나왔거나 숨을 씨근거렸겠지. 그런데 구 대장의 목소리는 약할 뿐이지 명료했다. 그 부분을 확인해봐야겠다.

사람들이 움직이고 있었다. 애런도 같이 움직이다 보니 진입로 위에서 사람들에게 에워싸인 로리가 보였다. 로리는 움츠렸던 몸을 펴고 사람들의 질문에 답하고 있었다. 지금 로리에게 말을 걸어봐야 소용없었다. 애런은 다시 전시된 사진들 사이를 뚫고 돌아갔다. 그 사진들은 여전히 매혹적이었지만, 옐라스톤 선장 덕분에 주문은 깨어졌다. 적어도 애런에게는 그랬다. 사진 속 저 행복한 사람들이 지금은 눈부신 땅에 죽어서 누워 있거나, 잡아먹혀서 해골만 남아 있을까? 애런은 귓가에 들리는 목소리에 펄쩍 뛰었다.

"케이 박사님?"

하필이면 프랭크 포이였다.

"박사님, 하고 싶은 말이 있는데…, 부디 이해해 주시겠습니까? 제 역할이 원래 괴로운 면이 있어요. 가끔은 더없이 불유쾌한 의무를 수행해야 하죠. 의사로서 박사님 역시 비슷한…."

"괜찮아요." 애런은 스스로를 추슬렀다. 왜 포이가 그렇게 창피해하는 걸까? "직무였으니까요."

포이는 감동적인 눈빛으로 애런을 보았다. "그렇게 생각하신다니 정말 기쁘군요. 동생분은…, 그러니까 로리 케이 박사는, 정말이지 감탄스러운 사람입니다. 여자 혼자서 그런 여행을 해내다니 믿을 수 없을 정도예요."

"그래요…, 그나저나 믿을 수 없다는 말이 나오니 말인데요, 포이, 난 로리의 목소리를 잘 알아요. 나도 당신이 마음에 걸려 한 부분들을 알 것 같네요. 사실은 당신과 의논할 생각도…."

"아, 천만에요, 애런." 포이는 애런의 말을 잘랐다. "더 말할 필요 없습니다. 저는 완전히 만족해요. 전적으로요. 로리 케이 박사의 설명을 들으니 모든 의혹이 풀렸어요." 포이는 손가락으로 그 의혹들을 꼽았다. "기록 장치의 운명, 용접기와 다른 도구들이 없었던 이유, 구 대장의 말, 상처를 입은

게 아닌가 하는 의문…, 실제로 다쳤으니까 말이죠. 그리고 그 행성에 산다는 사실에 대한 감정까지. 케이 박사가 털어놓은 그 충돌 사건으로 다 맞아떨어져요."

애런도 그 점은 인정해야 했다. 그는 포이의 취미가 체스 문제 풀이라는 사실을 기억했다. 포이는 우아한 해법에 약했다.

"그 외계종을 들여다보기가 겁이 나서 용접해 버렸다는 부분은요? 우리끼리 말이지만, 나도 그 생물에 대해서는 겁이 나거든요."

포이는 진지하게 말했다. "그래요. 그래요, 유감이지만 저는 자연스러운 제… 뭐라고 하나, 외계 혐오라고 할까요? 그런 면에 굴했던 것 같습니다. 하지만 그런 감정에 눈이 멀어서는 안 되지요. 구대장의 대원들이 정찰선을 비워버린 게 분명해요, 애런. 동생분께는 무서운 경험이었을 테지요. 그 모든 경험을 계속 되살릴 필요는 없다고 봅니다. 그 중국인들 사이에서, 가엾기도 해라."

이제 외계 혐오와 타인종 혐오가 부딪치는 셈인가…. 애런은 포이가 별로 도움이 되지 않으리라는 점을 깨닫고도 다시 시도했다.

“그 행성이 이상적이라거나, 낙원이라거나 하는 표현도 나 역시 마음에 걸렸어요.”

“아, 그 문제에 대해서는 옐라스톤 선장님이 잘 집어내신 것 같아요, 애런. 흥분과 고양감 말입니다. 저는 미처 통찰하지 못했지요. 지금 이 사진들을 보니 저도 그런 기분이 드는걸요.”

“그래요.” 애런은 한숨을 쉬었다. 포이는 우아한 해결책만이 아니라 권위적인 ‘말씀’에도 약했다. 옐라스톤 선장님(하늘에 거하옵시고)께서 다 설명하셨다 이거지.

“애런, 고백건대 저는 이런 일들이 싫습니다!” 포이가 예기치 않은 말을 했다.

애런은 어쩌면 그럴지도 모른다고 생각하며 입속으로 웅얼거렸다. 어쨌든 표면상으로는 말이다. 포이는 기묘하게 눈물을 머금고 웃는 표정으로 말을 이었다. “동생분은 정말 대단한 사람이에요. 열 사람에 버금가는 힘을 갖고 있지요. 마음이 순수하니까요.”

“그래요, 음….” 갑자기 울린 저녁 식사 종이 애런을 구했다. 애런은 제일 가까운 통로로 빠져나갔다. 아, 아니다. 프랭크 포이는 아니다. 하지만 여기에 위협은 없었다. 아벨라르와 엘로이즈* 못지않게 순수한 사랑. 정말이지 완벽한 한 쌍이었다. 애런이 로리와 자신의 관계에 대해 말하면 포이가 뭐라고 할까? 어이, 포이, 어렸을 때 난 제6군사지구 사방에서 누이동생과 뒹굴었는데 그때 그 애는 밍크처럼 착 안겼거든. 애런은 다시 생각해보고 그만두라고 스스로를 타일렀다. 포이가 어떻게 반응할지 뻔하다. "오." 길고 무거운 침묵. "정말 안됐습니다, 애런. 당신에게요." 어쩌면 성직자 같은 말투로 이럴지도 모르지. "그런 이야기를 하는 편이 도움 되나요?" 온갖 고결한 척은 다 하겠지. 진짜 프랭크 포이가 난제에 맞서는 일이 있을까? 아니다. 그런 성격이 뛰어난 수학자의 자질을 방해하지 않으니 다행이었다. 오히려 도움이 될지도 몰랐다. 인간이란! 맛있는 음식 냄새가 코를 찌르자 기분이 나아졌다. 화학 수용기에는 원시 뇌로 통하는 경로들이 있으니. 앞쪽에 목소리들과 음악 소리, 불빛이 있었다.

포이 말이 맞는지도 몰랐다. 그건 어떤가? 로리의 이야기는 딱 맞아떨어졌다. 내가 이상해지는 건가?

* 12세기 실존 인물들로, 비극적인 사랑 이야기이자 육체 관계없이 오랫동안 이어지는 정신적인 사랑의 예로 쓰인다.

여동생에 대한 성적 환상이라, 몇 년 동안 그런 문제는 겪지 않았다. 로리와 타이그와 그 외계 생물과 같이 갇혀 있었던 게 문제다. 나에게 필요한 건 품에 가득 안기는 솔란지다. 솔란지, 솔러스(위안), 소울…. 애런은 지금 그 외계 생물이 바로 머리 위 선체 바깥에 있다는 느낌을 단호하게 무시하고 쟁반을 가득 채워 코비와 잰잉 옆자리로 가져갔다. 외계 생물학 팀장인 잰잉과는 내일 같이 일을 해야 했다. 그는 로리의 상사였다. 정작 로리는 이 자리에 없었다.

"오늘 밤에는 사람이 참 많군요."

"그러게요." 최근 들어서 켄타우로스 호 사람들이 엉뚱한 시간에 음식을 방으로 가져가서 혼자 식사하는 일이 점점 늘던 차였다. 지금 식당은 왁자지껄했다. 애런은 페루 해양학자가 쟁반 옆에 차트를 세워놓고, 입에 음식을 가득 문 채로 손가락질을 해가며 빙 둘러앉은 사람들에게 말을 거는 광경을 보았다. 미리암 스타인과 보통 같이 식사하는 두 여자 친구는(아니, 친구인 여자들이라고 해야지) 브루스 장과 돈의 정찰대원 두 명과 같이 앉아 있었다. 선외활동 팀장 조지 브록숄더는 구릿빛 두피가 드러나게 머리를 깎아서 검은색 벼슬 모양만 남겨두었는데, 벌써 몇 년째 하지 않던 일이었다. 알스트롬은 사진 팀장 아킨과 함께 있었다. 조용히 가라앉아 있던 배 전체가 살아나서 호랑이 눈을 뜨고, 원숭이 뇌를 움직이고 있다. 오랫동안 '쓰레기는 우리 생활의 중심에 있는 문제입니다. 쟁반을 깨끗이 비워주세요'라고 적혀 있던 깔끔한 표지조차도 바뀌었다. 누군가 '쓰레기는' 위에 '아름다움은'이라고 붙여놓았다.

"이게 웬 만찬이래요, 보스." 코비가 우적우적 씹으면서 말했다. "앨리스가 어떻게 가와바타에게 닭을 얻어냈을까요? 오, 오! 저걸 봐요."

앨리스 베리먼이 후식을 들어 올리자 방 안이 다 조용해졌다. 온전한 진짜배기 복숭아가 담긴 접시였다.

"한 사람 앞에 반쪽씩이에요." 앨리스가 엄격하게 말했다. 귀 뒤에는 생화를 꽂고 있었다.

"사람들이 흥분하고 있어요." 외계 생물학 팀장이 말했다. "앞으로 2년 가까운 시간을 어떻게 견딜까요?"

"우리가 그 행성으로 간다면 말이지요." 애런이 중얼거렸다.

"비도덕적인 제안을 하나 할까요." 코비가 히죽

웃었다. "급수기에 진정제를 타는 거죠."

아무도 웃지 않았다. 애런이 말했다. "음, 우리는 이제까지, 포이의 표현을 빌자면 '화학적인 보충제' 없이 해냈어요. 난 우리가 잘 버티리라 생각합니다."

"아, 알아요, 알아. 하지만 그런 날이 올지도 모른다는 경고는 한 겁니다."

잰잉이 끼어들었다. "내일 말인데요. 우선 정찰선의 승무원 구역에서 바이오 모니터 기록부터 빼내는 거, 맞죠? 화물칸을 열기 전에 말이에요."

"나도 그렇게 들었어요."

"그 외계 생물이 든 모듈을 열자마자 생체검사 시료를 확보할 생각이에요. 물론 최소한으로 잘라야겠지요. 케이 박사도 그렇게 한다고 외계 생물에게 해가 되리라고는 생각지 않는다는군요. 해치문 밖에서 조종할 수 있는 연장 탐침을 준비하고 있어요."

"길수록 좋지요." 애런은 촉수를 상상하며 말했다. "그 외계 생물이 아직 살아 있다는 가정하에…." 외계 생물학자는 손가락을 두드려 소리 없이 주제곡을 연주했다. 아마 시벨리우스일 것이다. "기록이 손에 들어오면 알게 되겠지요."

"살아 있을 겁니다." 애런은 식당 벽 너머로 그 생

물의 존재를 느끼고 있었다. “혹시 말인데요, 잰잉. 그 물건이 음, 존재한다는 느낌을 받은 적 있습니까?”

“아, 우리 모두 의식하고 있지 않나요.” 잰잉은 소리 내 웃었다. “과학사에서 가장 큰 사건이잖아요? 살아 있기만 하다면요.”

“안 좋은 느낌이라도 받고 있어요, 보스? 꿈 때문에요?” 코비가 물었다.

“그래.” 하지만 애런은 말을 이을 수 없었다. 코비의 표정을 보고서는 불가능했다. “그래, 맞아. 내심 외계 혐오가 있는 거겠지.”

그들은 조직 분석 프로그램과 외계 생물의 모듈 속에 집어넣을 생체 조사기의 종류에 관해 토론했다.

코비가 불쑥 끼어들었다. “그게 복도로 뛰어나오면 어쩌죠? 새끼를 쳤거나 백만 마리의 벌레로 쪼개졌다면요?”

“흠, 우리에겐 표준 오염제거 소독제가 있어요.” 잰잉은 얼굴을 찡그렸다. “옐라스톤 선장님이 대비책을 강조했거든요. 선장님이 직접 비상용 출구 제어기 옆에 서 있을 거예요. 진짜 비상사태가 닥치면 순식간에 그 복도를 감압할 수 있죠. 그건 우리가 우주복을 입어야 한다는 뜻이에요. 작업이 불편해지긴 하겠지만."

"잘됐군요." 애런은 맛있는 복숭아를 깨물고, 옐라스톤 선장의 손이 버튼 위에 놓여 있으리라는 소식에 기뻐했다. "잰잉, 그 물건은 어느 부분도 배 안으로 들여오지 않는다는 점을 명확히 해두고 싶군요. 그러니까, 복도 너머로는 말이지요."

"아, 전적으로 찬성이에요. 완전한 중계 시스템을 갖출 거예요. 쥐들까지 포함해서요. 복잡해지겠죠." 잰잉은 배급기에서 받은 셀룰로스 단섬유로 쟁반을 닦으며 얼굴을 더 찌푸렸다. "그 생물을 훼손한다는 건 생각할 수 없는 일이에요."

"그래요." 애런은 로리가 아직도 식당에 들어오지 않았음을 깨달았다. 어쩌면 몰려든 사람들에게 지쳐서 자기 방에서 먹는지도 몰랐다. 애런은 재활용 줄에 서면서 보통 이 일상적인 절차에 함께 하던 침울함이 증발했음을 알아차렸다. 코비조차도 늘 던지던 분뇨에 대한 농담을 생략했다. 애런은 지금 구 대장의 대원들은 무엇을 먹고 있을까 생각했다. 텔레파시 식물 스테이크?

로리는 당연히 우주선 반대편에 있는 여성 전용 기숙사에 공간을 배정받았다. 애런은 우주선을 가로지르는 나선형 진입로를 걸어 올라갔다. 늘 그렇듯 켄타우로스 호의 중심부에 다가갈수록 심해지는 무중량감은 달갑지 않았다. 배의 중심부는 뱃머리에서 배꼬리까지 이어지는 넓은 자유낙하 통로로, 승선한 사람 중에서도 운동을 더 좋아하는 사람들이 자주 다니는 편이었다. 애런은 진한 공기를 음미하며 어색하게 발을 차서 그 통로를 건넜다. 이곳의 공기는 멀리 선미 끝에 있는 청록색 광채로부터 나왔다. 공용실 외에 사람들에게 쾌적함을 제공하는 다른 시설인 수경 농장과 선체 저수지였다. 애런은 이곳의 공기마저 악취를 풍기고 통로는 어두워졌던 끔찍한 몇 달을 돌이키고 부르르 몸을 떨었다. 5년 전, 누군가의 창자에서 나온 항생물질이 반응로 냉각 시스템을 통과하면서 분해되는 통상 절차에서 벗어나서 변이를 일으켰다. 항생물질은 식물층에 도달했을 때 엽록소와 결합하는 준 바이러스로 활동했고 가와바타는 산소제공층의 75퍼센트를 파괴해야 했다. 새로운 씨앗이 자라서 오염되지 않았음이 증명될 때까지 모든 산소 소비 장치를 끄고 기다려야 했던 끔찍한 시간이었다. 부르르…. 애런은 로리의 기숙사로 가는 출구 진입로를 내려가면서 화물 창고들과 편의 시설들을 지나쳤다. 사람들은 4분의 3 중력 이하에서 살지 못하게 되어 있었다. 몇 미터를 갈 때마다 다른 기숙사와 생활 시설들로 이어지는 복도들이 가지를 쳤다. 켄타우로스 호는 복도들로 이루어진 토끼굴 같았다. 그것 역시 프로그램의 일환이었다.

문제의 기숙사 밖에 있는 작은 휴게실인지 공용실인지까지 간 애런은 늘어선 양치류 너머로 붉은 머리카락을 보았다. 예상대로 로리가 저녁을 먹고 있었다. 다만 예상하지 못한 부분은 돈 퍼셀이 로리의 맞은편에 앉아서 덩치 큰 몸을 굽히고 대화에 열중해 있다는 점이었다.

이런, 이런! 살짝 놀란 애런은 오른쪽으로 꺾어서 사무실로 향하는 다른 통로에 접어들었다. 켄타우로스 호의 설계에 감사하면서 말이다. 파이오니어 호는 걸어 다니면서 계속 겪어야 하는 사회적 접촉에 심각한 스트레스를 받았다. 켄타우로스 호를 위해 설계자들이 찾아낸 해결책은 더 넓은 공간이 아니라, 사람들이 우주선 안을 오가면서 마을에서 돌아다닐 때처럼 사생활을 즐길 수 있게 대안 경로를 많이 제공하는 것이었다. 2미터짜리 복도에 두 사람이 있으면 마주칠 수밖에 없지만, 1미터짜리 복도 두 곳에서는 두 사람이 각각 혼자 걸으면서 사생활을 누릴 수 있었다. 애런은 그 해결책이 잘 통했다고 생각했다. 그는 지난 몇 년 동안 사람들이 우주선 안을 통과하는 자기 나름의 '길'을 개발해왔음을 알고 있었다. 예를 들어 가와바타는 농장에서 식당까지의 먼 길을 저온 감지 기포를 통과하는 괴상한 경로로 오갔다. 애런 본인에게도 몇 가지 경로가 있었다. 그는 로리가 다른 남자와 있다는 사실을 발견하고도 전혀 화가 나지 않는다는 사실을 의식하고 씩 웃었다.

진료실에 가보니 브루스 장이 솔란지와 잡담을 나누고 있었다. 애런이 들어가자 브루스는 의미심장하게 다섯 손가락을 쫙 펴 보였다. 애런은 눈을 껌벅이다가 겨우 기억해냈다.

"타이그를 보았다고 생각하는 사람이 다섯 명이나 더 있다고?"

"다섯 명 반이에요. 제가 반이거든요. 이번에는 소리만 들었어요."

"타이그의 목소리를 들었어? 뭐라고 했는데?"

"잘 있으라고 했어요. 그거 알아요? 전 괜찮아

요." 브루스는 이를 드러내고 웃었다.

"브루스, 그 다섯 명 중에 알스트롬이나 가와바타가 들어가나?"

"가와바타는 맞아요. 알스트롬은 아닌데요. 그럼 여섯 명이네요."

솔란지는 알았다는 표정과 곤혹스러운 표정을 드러내고 있었다. "이 사람들이 자기가 정말 타이그를 본 건 아니라는 사실을 이해하고 있어요?"

"키두아와 모렐리는 확실히 아니에요. 레게르스키는 의심스러워해요. 타이그가 이상해 보였다는군요. 가와바타는… 누가 알겠어요? 동양인의 얼굴은 표정을 읽기가 힘들어요." 슈퍼다람쥐가 살아난 느낌이었다.

"타이그를 회의에 데려가길 잘했다 싶네." 솔란지가 말했다. "그래야 사람들이 타이그가 돌아다니는 걸 보고 걱정을 하지 않겠다는 예감이 들었거든."

"그래, 잘했어." 애런은 심호흡을 했다. "혹시 관심이 있을까 모르겠는데, 난 최근에 계속 악몽을 꿨어. 마지막 꿈에는 타이그가 나왔지. 나에게도 잘 있으라고 인사를 했어."

브루스의 눈이 번쩍 빛났다. "어라? 선생님은 베타 구역에 있잖아요. 그건 안 좋은데요."

"안 좋다니?"

"선생님이 날려버리기 전까지는 제가 조사한 다섯 사람에게 공통 요소가 있었거든요. 모두 감마 구역에 있었어요. 상당히 선체 가까운 곳에요. 멋진 발견이었는데 말이죠."

"멋지군." 애런은 바로 브루스의 말뜻을 알아들었다. 차이나플라워 호라고 불리는 정찰선의 공식 명칭은 감마이고, 감마 구역은 그 정찰선의 정박지 위였다. 물론 지금 정찰선은 도킹해 있지 않았지만 말이다.

"브루스, 정찰선을 묶어둔 밧줄은 똑바로 뻗어가나? 나는 기술자가 아니라서 말이지. 우린 회전하고 있잖아. 그러면 정찰선이 질질 끌려오는 건가?"

"그러지는 않아요. 얕은 추적선을 그리죠. 차이나플라워 호는 우리의 회전력을 고스란히 갖고 나갔어요."

"그렇다면 타이그의 환각을 본 모든 사람이 발밑에 외계 생물을 두고 있는 셈이군."

"그렇죠. 선생님만 빼고요. 여기는 베타 구역이

에요. 물론 알스트롬도 꽤 멀리 떨어져 있고요."

솔란지가 끼어들었다. "하지만 정작 타이그는 여기에 있어. 당신과 같이 베타에."

"그래, 그렇지만 이봐." 애런은 몸을 뒤로 기댔다. "주술세계에라도 뛰어들려는 건 아니겠지? 다른 공통 요소들도 있어. 우선 우리 모두 오랫동안 스트레스를 받았고 욕 나오게 섬뜩한 곳에 살고 있지. 게다가 두 가지 큰 충격을 겪었어. 행성에 대한 소식과 아무도 볼 수 없는 우주에서 온 진짜 외계 생물. 브루스, 자네도 사람들이 크리스마스처럼 들떠 있는 모습을 봤지. 희망은 무시무시한 거야. 희망이 현실이 되지 않으면 어쩌나 하는 두려움을 가져오지. 그런 두려움을 억누르면 그 두려움이 상징적으로 표면에 떠오르지. 그리고 불쌍한 타이그는 우리의 공식적인 재앙의 상징이야, 안 그런가? 공통 요소를 두고 말하자면, 우리가 모두 초록색 우주 허깨비를 보고 있지 않다는 게 오히려 놀라워."

애런은 자신이 스스로의 논거를 믿고 있다는 사실을 깨닫고 기분이 좋아졌다. 아주 설득력 있는 논거였다. "게다가 타이그는 이제 그 외계 생물과도 연결되지."

“선생님이 그렇게 말씀하신다면 그런 거죠.” 브루스가 가볍게 말했다.

“흠, 내 생각은 그래. 현상을 설명하기에 충분한 이유가 있다는 말이야. 오컴의 면도날 법칙이지. 입증되지 않은 가설을 최소한으로 요구하는 설명이 가장 좋은 설명이랄까.”

브루스가 쿡쿡거렸다. “정말이지, 사고 절약의 법칙을 읊으시다뇨.” 브루스는 펄쩍 뛰어 일어나더니 솔란지의 책상 위에 놓인 신축형 금속봉을 살폈다. “잊지 마세요, 애런. 늙은 윌리엄*은 결국 신이 우리를 사랑하신다는 걸 증명하는 사람이 됐어요. 전 계속 그렇게 믿을래요.”

“그래.” 애런은 씩 웃었다.

브루스는 가까이 다가서더니 애런에게만 들리게 작은 소리로 말했다. “혹시 제가… 메이린도 봤다고 한다면 뭐라고 하시겠어요?”

애런은 말없이 브루스를 쳐다보았다. 브루스는 손에 들고 있던 금속봉을 애런의 콘솔에 대각선으로 놓았다. “그럴 줄 알았어요.” 브루스는 건조하게

* 오컴의 면도날 법칙을 세웠다고 알려진 14세기의 수도사이자 철학자, 오컴의 윌리엄을 말한다.

말하고 나갔다.

솔란지는 애런의 얼굴에 떠오른 측은한 표정을 거울처럼 비춘 얼굴로 봉을 집으러 다가왔다. 브루스가 메이린의 환영을 보았다고? 그래도 들어맞는다. 애런의 가설을 뒤집는 사건이 아니었다. "이건 무슨 일에 쓰는 거지, 솔란지?"

"구역을 나눌 때 연장선에 쓰지." 솔란지는 펜싱 자세로 봉을 찌르며 말했다. "전선이 많이 필요해 엉망이 되기 쉽거든."

"아, 솔란지…." 애런은 마침내 솔란지에게 팔을 두르고, 마침내 살아 있다는 기분을 느꼈다. "영리하고 아름다운, 아름답고 영리한 당신. 당신은 정말 건강한 사람이야. 당신이 없으면 내가 어떻게 살까?" 애런은 솔란지의 향기로운 살갗에 건강하지 않은 코를 묻었다.

"왕진 가야지." 솔란지가 부드럽게 말했다. 손에 잡힌 솔란지의 엉덩이가 먹음직했다.

"이런 세상에. 지금 해야 하나?"

"응, 애런. 지금…. 그 후에는 얼마나 좋을지 생각해봐."

애런은 애처롭게 몸을 빼냈다. 성 충동이 낮다

는 선발위원회의 평가대로였다. 그는 진료 가방을 꺼내고, 솔란지가 파일을 확인하는 사이에 또 다른 의무를 떠올리고 그 가방에 1리터짜리 플라스크 두 개를 집어넣었다.

"1번은 부스타멘테야. 많이 긴장했나 봐." 솔란지가 말했다.

"제발 그 친구를 여기로 데려와서 심전도 검사를 할 수 있었으면 좋겠군."

"오지 않을걸. 당신이 최선을 다해야지." 솔란지는 애런이 격리동에서 보낸 몇 주 동안 방문해야 했을 사람을 두 명 더 알렸다. "그리고 당신 동생도 봐야겠지?"

"그래." 애런은 가방을 닫으며 솔란지가 그 안에 든 플라스크에 대해 알고 있을까 천 번째로 생각했다. 그리고 코비는? 맙소사, 코비는 분명히 알 것이다. 첫날부터 그들의 증류기를 점검했으니까. 어쩌면 협박용으로 간직하고 있을지도 모르지. 누가 알겠는가. 내가 하는 일이 코비를 망친 바로 그 일과 다르다는 사실을 설명할 수 있을까? 그런데 정말 내가 하고 있는 일이 다르기는 한가?

"제발 기록 좀 잘 해, 애런."

"그럴게, 솔란지. 그럴게. 당신을 위해서."

"하하."

되돌아가고 싶은 마음이 간절한 채 억지로 아무 진입로나 걷던 애런은 어느새 다시 로리의 기숙사를 향해 가고 있었다. 지금쯤이면 돈이 떠난 지 오래겠지만, 그래도 애런은 들어가기 전에 휴게소 안을 정찰했다. 로리의 머리와… 그리고 이런, 돈이 아직도 있었다! 애런은 물러섰지만, 그 전에 그 어깨가 돈이 아니라 팀 브론임을 알아보고 말았다.

침실 익살극에 나오는 인물처럼 터무니없이 당황해버린 애런은 혼성 기숙사 공용실을 성큼성큼 통과하면서 그림자 속에 있는 몇 쌍에 대해서는 거의 의식하지 못했다. 도대체 로리가 뭐가 되어가고 있는 건가, 미스 켄타우로스? 애런은 격분했다. 그들에게는 이런 식으로 로리를 성가시게 할 권리가 없었다. 궤양도 아직 다 낫지 않았는데 말이다. 로리에게 휴식이 필요하다는 걸 모르나? '의사는 나란 말이다….' 내면의 목소리가 문제는 로리의 궤양이 낫지 않았다는 것만이 아니지 않느냐고 말했다. 애런은 그 목소리를 무시했다. 팀이 30분 안에 나오지 않으면 가서 떠나게 만들고, 그리고, 그리고 뭐지?

멋쩍게도 그 역시 로리를 심문하고 싶기는 했다. 당장은 무엇을 그리 급하게 물어보아야 했던가를 바로 떠올릴 수 없지만 말이다. 흠, 고백은 궤양에도 좋다.

다음에 갈라지는 통로는 첫 번째 환자, 그러니까 완전한 우울증 은둔 증세를 안고 켄타우로스 호에 돌아온 팀 브론의 정찰대원이 거주하는 곳으로 이어졌다. 애런은 그 문제에 공을 들였고, 그 남자가 방을 떠나는 일 없이 혼자서 통신 체스 게임을 하게 만든 성과를 자랑스럽게 여겼다. 이제 가보니 은둔실은 열려 있고, 방 안은 비었다. 이고르가 공용실에 간 걸까? 체스책도 사라졌다. 애런은 이번에도 그 행성이 좋은 영향을 미쳤다고 판단하고 기분 좋게 안드레 바치의 방으로 향했다.

바치는 침대에서 일어나 있었고, 그의 날씬한 라틴계 얼굴은 지독한 신장 기능 이상 속에서도 예전 모습을 거의 찾은 듯했다.

바치는 애런에게 말했다. "살아서 그걸 보려고요. 보세요, 여기에 진짜 물이 있어요. 잰잉이 보내줬죠. 순수한 물이에요, 애런. 세상의 물, 우리 몸을 거친 적이 없는 물이요. 이 물이 절 치료해줄지도 몰라요.”

“그렇고말고.” 바치가 열심인 모습을 보니 마음이 무너졌다. 그들이 로리의 행성으로 간다고 해도, 바치가 2년을 살 수 있을까? 어쩌면…. 바치는 현재까지 선발위원회에서 보여준 유일한 실패작이었다. 코비의 뛰어난 진단에 따르면 지극히 희귀한 메르한-브릭스 병이었다.

“이걸로 난 행복하게 죽을 수 있어요, 애런. 세상에, 생화학자로서 이런 경험을 하게 된다니!”

“그 안에 생명이 있나?” 애런은 바치의 현미경을 가리켰다.

“아, 그럼요. 환상적이에요. 정말 비슷하고, 정말 다르고요. 평생의 열 배는 걸릴 작업이에요. 아직은 슬라이드를 두 개밖에 만들지 못했어요. 제가 손이 느려서요.”

“그 일은 자네에게 맡기지.” 애런은 바치의 소변과 침이 담긴 병을 가방에 집어넣었다.

밖으로 나간 애런은 로리에게 다시 돌아가지 않았다. 대신 중앙통로를 거쳐서 선교로 향했다. 켄타우로스 호의 선교는 보호막에 싸인 거대한 코 부분에 있는데, 이론적으로는 위기 시에 60명 전원을 수용할 수 있었다. 이론적으로는 말이다. 애런은 대부분 동료들이 그저 살아남기 위해 그 안에 몸을 욱여넣는 일을 참아낼 수 없으리라 보았다. 이 위에는 중요한 하드웨어 대부분, 알스트롬의 컴퓨터들, 우주 항행 장치, 예비 발전기, 자이로스코프와 그들을 지구와 연결해주는 유일한 고리인 레이저 시스템이 있었다. 옐라스톤 선장, 돈, 팀은 선교 지휘실 바로 뒤에서 지냈다. 애런은 켄타우로스 호의 회로에 접속할 수 있는 복잡한 계기판들이 있는 컴퓨터실 앞에서 옆으로 빠져서 켄타우로스 호 통신 팀장의 문에 달린 눈 밑에 멈춰 섰다. 눈에 보이는 호출판은 없었다.

아무 일도 일어나지 않았다. 그러다가 애런의 무릎 옆에 있는 벽이 귀에 거슬리는 기침 소리를 냈다. 애런은 펄쩍 뛰고 말았다.

"들어와, 선생, 들어와." 부스타멘테의 저음이었다.

문이 미끄러져 열렸다. 애런은 조심스럽게 점잖지 못한 음악과 이리저리 움직이는 빛으로 이루어진 미로 속으로 들어갔다. 안에서는 덩치 큰 흑인 예닐곱 명이 다양한 각도에서 그를 바라보았다.

"선생의 영역을 건드려보고 있지. 깜짝 놀라게

하는 자극을 비교하는 중이랄까. 낮은 데시벨의 비선형 자극을 줄 때 더 펄쩍 뛰는구만."

"그거 흥미롭군." 애런은 실재하지 않는 환영들을 조심스럽게 뚫고 나아갔다. 레이 부스타멘테를 방문하는 일은 언제나 흥미로운 경험이었다. "어느 게 자네야?"

"여기." 애런은 거울 같은 면에 부딪혔다가 빙 돌아서 그럭저럭 정상 상태로 들어갔다. 부스타멘테는 안락의자에 앉아서 슬쩍 긴장을 푼 척하고 있었다.

"소매 걷어, 부스타멘테. 해야 할 일이라는 거 알잖아."

부스타멘테는 투덜거리면서 애런의 지시에 응했다. 애런은 그의 우람한 이두근에 감탄하며 소매 끝을 접었다. 삼두근에도 지방이라곤 없었다. 이 거인은 애런의 충고에 정말로 주의를 기울이는지도 몰랐다. 애런은 디지털 정보를 지켜보면서 부스타멘테에 대한 느낌, 그의 비밀에 대한 생각을 음미했다. 부스타멘테는 또 다른 희귀종이었다. 타고난 왕. 엘라스톤 선장이 추상적인 개념이라면 부스타멘테는 진짜 살아 있는 원형이었다. 돈이나 팁

같은 지도자형이 아니라 원시적인 모델, '보스', 수령님, 거물…. 남들보다 잘 싸우고, 술도 잘 마시고, 고함도 더 크게 지르고, 더 똑똑하고, 남들의 적을 죽이고, 남의 여자에게 자기 자식을 낳게 하고, 남을 자기 소유물처럼 돌보고, 남에게 명령을 내리는…, 그리고 기꺼이 그 말에 따르게 만드는 알파 수컷이었다. 경쟁을 조장하지만 정작 자신에게는 그 경쟁이 별 쓸모가 없는 원시적인 '빅맨'이었다. 10년 전에는 뚜렷이 드러나지 않았다. 10년 전의 그는 나무랄 데 없는 학위들과 권투 장갑을 끼고도 만하임 회로를 설정할 수 있는 능력을 갖춘 키 크고 말수 적은 젊은 아프리카계 미국인 전자공학자였다. 양어깨가 두툼해지고 주의 깊은 눈동자 위로 눈위뼈가 도드라지게 자라기 전의 일이었다.

"난 정말로 자네가 진료실에 들렀으면 좋겠어, 부스타멘테." 애런은 소맷단을 풀면서 말했다. "이건 정확한 기구가 아니야."

"들리는 소리가 마음에 들지 않으면 도대체 무슨 짓을 할 수 있는데? 멍청해지는 약이라도 주게?"

"어쩌면."

"난 그 행성까지 갈 거야, 선생. 죽든 살든."

"가게 될 거야." 애런은 진료 기구를 치우면서 부스타멘테가 문제를 해결하는 방식에 감탄했다. 왕이 흰개미 세상에 태어나서, 심지어 흰개미들의 왕좌에도 앉지 못한다면 어떻게 할까? 부스타멘테는 상황을 알아차리고, 불가능에 가까운 기회를 포착했다. 그리고 그 결정에 따라 그 흰개미 더미에서 42조 킬로미터 떨어진 미개척 행성을 향해 왔다. 왕의 자리가 있을 수도 있는 행성으로.

거울들 사이로 여자 모습이 어른거리더니 갑자기 멜라니가 나타났다. 작은 흰쥐 같은 공기설비 기술자였다. 손에는 이상한 기구를 들고 있었다. 애런은 그것이 요리 도구라는 사실을 알아보았다.

"원시적인 기술을 몇 가지 시험해보고 있거든." 부스타멘테가 히죽 웃었다. "오늘 밤에는 뭐야, 멜라니?"

"덩이줄기 작물." 멜라니는 잿빛 머리를 뒤로 넘기며 진지하게 말했다. "달기는 하지만 단백질이 별로 없어서 생선이나 고기와 섞어야 해. 살이 찔 거야." 멜라니는 애런에게 냉담하게 고개를 끄덕이고 화면들 뒤로 돌아갔다.

"알겠지만, 쟤는 내 거야." 부스타멘테는 애런에

게서 주의를 돌리지 않으며 기지개를 켰다. "거기 공기가 보이는 만큼 좋을까? 동생에게 공기 냄새가 좋은지 물어봐주겠어?"

"오늘 밤에 들르면 물어보지."

"최근에 들르는 사람이 많다지." 부스타멘테가 갑자기 스위치를 켜자 애런이 알아차리지 못했던 화면 하나가 살아났다. 통신실을 위에서 내려다본 화면이었다. 그 너머의 자이로실은 비어 있었다. 부스타멘테는 투덜거리면서 스위치를 돌렸다. 화면이 선교 복도로 바뀌고, 찰칵찰칵 어디인지 알 수 없는 다른 곳들로 계속 바뀌었다. 보이는 사람은 없었다. 애런은 눈을 부릅떴다. 부스타멘테의 전자 감시망이 얼마나 넓은가에 대한 이야기는 켄타우로스 호 불변의 신화 중 하나였다. 지금 보니 신화가 아닌 모양이었다. 부스타멘테는 정말로 켄타우로스 호의 벽 속을 누비고 있었다. 이상하게도 애런은 그 사실에 화가 나지 않았다.

"팀이 오늘 근처에 들렀어. 그냥 이야기나 할 생각이랬지." 부스타멘테는 자이로실로 화면을 돌리고 잠겨 있는 레이저 콘솔을 확대했다. 이 쇼에는 확실히 위협의 냄새가 났다. 애런은 프랭크 포이가 통신 팀장의 허가 없이 코비에게 스캐너를 달려고 했던 때를 즐거운 기분으로 돌이켰다.

부스타멘테가 애런의 생각을 읽은 것처럼 낄낄거렸다. "옛날 헤비급 챔피언 조지 포먼이 했던 말을 인용하자면, '수많은 사람이 검은 정글에서 빅 조지를 만나자 쓰러지고 비틀거렸지….' 나에게 어떤 계획이 있는지 알아, 애런? 우선은 멜라니지. 보기보다 억세긴 한데, 좀 허약해. 근육을 더 키워야 해. 두 번째는 다니엘라야. 해양 생물학자니까 물고기를 알지."

부스타멘테는 화면에 다른 영상을 띄웠다. 애런은 공용실 게임구획인 듯한 곳에 앉아 있는 강인한 여자의 등을 언뜻 보았다.

"장래의 가족을 고르고 있는 건가?" 애런은 삶의 알맹이를 부여잡는 거인의 의지에 매혹되었다. 역시 왕이었다.

"알겠지만 난 너무 가까운 곳에서 어정거릴 계획은 없어, 선생." 부스타멘테의 시선이 애런에게 꽂힌다. "그러니 의료 능력도 갖춰놔야겠지. 선생은 다른 사람들과 붙어 있겠지? 그렇다면 내 세 번째 선택은 솔란지야."

“솔란지?” 애런은 웃지 않으려고 애쓰며 부스타멘테를 응시했다. “하지만 자네, 그러니까 솔란지가… 부스타멘테, 우린 아직 2년이나 더 가야 해. 아예 못 갈 수도 있고….”

“걱정하지 마셔, 선생. 경고는 해둬야 한다고 생각했을 뿐이야. 그 시간 동안 선생이 솔란지에게 아기가 생기면 뭘 해야 하는지 가르칠 수도 있겠지.”

“아기라.” 애런은 정신적으로 비틀거렸다. 아기라니, 켄타우로스 호에서는 몇 년 동안 듣지 못한 단어였다.

“선생도 그 시간에 계획을 좀 세우면 어때. 너무 이르다는 건 없거든.”

“좋은 생각이야, 부스타멘테.” 애런은 자신의 웃음이 자기 짝을 거물에게 찍힌 남자의 불안한 웃음이 아니라 직업적인 쾌활함을 보여주기를 바라며 빛의 정글을 뚫고 나갔다. 솔란지! 오, 솔란지, 내 유일한 기쁨… 하지만 아직 시간은 있었다. 거의 2년이나 남았다. 분명히 무슨 수를 생각해낼 수 있을 것이다. 아니… 생각해낼 수 있을까?

자신이 거대한 꽃양배추밭에서 부스타멘테와

맞서 싸우는 우스꽝스러운 장면이 마음속을 떠다녔다. 그는 문득 깨달았다. 하지만 그들이 싸우는 것은 솔란지 때문이 아니었다. 로리 때문이다.

애런은 자신의 잠재의식에 고개를 저으면서 지휘부 복도로 걸어 올라가 옐라스톤 선장의 문패를 두드렸다. 그는 부스타멘테보다 추상적인 지도력의 형상에 새삼스러운 고마움을 느꼈다.

"들어오게, 애런." 옐라스톤 선장은 콘솔 앞에서 손톱을 다듬고 있었다. 눈도 깜박이지 않았다. 애런은 한 번도 옐라스톤 선장이 그가 들고 온 가방을 확인하는 모습을 잡아낼 수 없었다. 그 늙은이는 알고 있었다.

"연설 좋았습니다, 선장님." 애런이 정중하게 말했다.

"당분간은 그렇겠지." 옐라스톤 선장이 빙긋 웃었다. 놀라울 정도로 따뜻한, 거의 어머니 같은 미소가 지친 코카서스 인종*의 얼굴을 지배했다. 그는 손톱줄을 치웠다. "너무 바쁘지 않다면 의논할 일이 한두 가지 있네, 애런."

* 코카시안. 현재 백인이라고 불리는 인종을 가리키는 가장 공식적인 단어

애런은 엘라스톤 선장의 희미한 턱 경련이 다시 표면에 드러났음을 눈여겨보며 앉았다. 선장이 몸속에서 혼자 벌이는 전투를 드러내는 신호는 그 경련뿐이었다. 엘라스톤 선장은 광범위한 중추신경계 중독 속에서도 기능을 제대로 하는 초인적인 능력을 갖추고 있었다. 애런은 켄타우로스 호가 명왕성 궤도를 지났던 날을 결코 잊지 못했다. 그날 밤 선장은 애런을 불러서 다짜고짜 선언했다. “의사 선생, 나는 밤마다 평균 180밀리리터의 알코올을 섭취하는 습관이 있네. 평생 그랬지. 이 여행을 위해서 하루 120밀리리터로 줄일 거야. 그 알코올은 자네가 제공할 것이고.” 충격을 받은 애런은 어떻게 선발 과정을 통과했는지 물었다. “나는 선발받지 않았네.” 엘라스톤 선장의 얼굴에서 힘이 빠졌고, 그의 눈은 애런에게 두려움을 불러일으켰다. “자네가 이 임무를 중요하게 여긴다면, 내 말대로 해야 하네.” 애런은 훈련받은 모든 원칙에 반하여 그렇게 했다. 어째서였을까? 그는 수없이 자문했다. 그 노인이 밤마다 독을 부어줘야 하는 악마들에게 붙일 전통적인 이름이라면 모조리 알고 있다. 숨겨진 분노와 갈망과 공포, 이렇게 액막이해야 하는 모든 것들을. 그 이름 모두가 애런이 관여할 일이었다. 그러나 사실 옐라스톤 선장의 악마가 지닌 진정한 이름은 뭔가 다른 것이라는 의심이 들었다. 삶 자체에 깃든 무엇인가, 시간인지 악인지는 모르겠지만 애런에게 치료법이 없는 무엇인가였다. 그는 옐라스톤 선장을 기이한 의식을 통해 살아남는 복잡한 요새로 보았다. 어쩌면 지금 그 악마는 죽고, 요새는 비었는지도 몰랐다. 그러나 그는 감히 물어볼 수 없었다.

"자네 동생은 정말 용감한 여자야." 옐라스톤 선장의 목소리가 특별히 더 따뜻했다.

"네, 놀라운 애죠."

"내가 케이 박사의 영웅적인 행동을 전적으로 고맙게 생각한다는 점을 알아줬으면 좋겠군. 기록이 그렇게 보여줄 거야. 케이 박사를 우주군에 추천할 생각이거든."

"감사드립니다, 선장님." 애런은 무뚝뚝하게 '로리 사랑 클럽'에 옐라스톤 선장이 가입했음을 인정했다. 갑자기 궁금해졌다. 혹시 이것도 옐라스톤 선장이 무너지기 시작했다는 신호일까? 이 강철 사나이의 방어가 무너진 적은 몇 번 없었지만, 애런은 매번 침통했다. 처음은 출발하고 2년쯤 되었을 때였는데, 그때 옐라스톤 선장은 젊은 앨리스 베리먼과 잡담을 나누기 시작했다. 잡담은 점점 심해졌다. 그때까지만 해도 앨리스의 눈빛은 초롱초롱했다. 잘못된 것은 없었고, 그저 어리둥절할 뿐이었다. 앨리스는 미리암에게 선장이 이상한 전략과 자기가 이해하기 힘든 철학 원칙들에 대해 말했다고 했다. 정점은 애런이 아침 식사 전에 울고 있는 앨리스를 발견하고 진료실로 데려가서 털어놓게 했을 때였다. 그는 당황했다. 섹스가 아니었다. 더 나빴다. 밤새도록 조리가 서지 않은 말을 끝없이 쏟아낸 끝에 감상적인 어린 시절로 마무리했다는 이야기였다. "어떻게 선장님이 그렇게, 그렇게 어리석을 수가 있죠?" 초롱초롱한 눈빛은 사라지고, 트라우마적인 혐오감만 남았다. 아버지는 죽었다. 애런은 앨리스에게 고령의 영장류가 보이는 특성을 설명하려고 했다. 소용없었다. 애런은 설득을 포기하고 부끄러움 없이 마취약으로 앨리스의 기억을 비틀어, 취한 사람은 본인이었다고 믿게 만들었다. 임무를 위해서. 그 후로 그는 계속 지켜보았다. 그 후로 세 번의 사건이 더 있었고, 주기는 대략 2년이었다. 애런은 생각했다. 가엾은 양반. 아마 마지막으로 자유로웠던 때가 유년기였겠지. 전투가 시작되기 전. 이제까지 엘라스톤 선장은 한 번도 애런을 배출 상대로 이용하지 않았다. 어쩌면 자기에게 술을 갖다주는 밀주업자를 중요하게 여기는지도 몰랐다. 그보다는 그저 애런이 너무 나이가 많아서일 가능성이 크겠지만, 이제는 그것도 바뀌려는 건가?

"자네 동생의 용기와 성과는 귀감이 될 거야."

애런은 조심스럽게 고개를 끄덕였다.

"내가 자네 동생의 보고서를 완전히 신뢰한다는 점을 확실히 이해시키고 싶었네."

완전히 넘어갔군. 애런은 음침하게 생각했다. 아, 로리. 그러다가 그는 침묵에 드리운 긴장감을 느끼고 눈을 들었다. 이 대화가 어딘가로 이어지기는 하는 건가?

"여기에 걸린 것이 너무 많아, 애런."

"맞습니다." 애런은 무한한 안도감을 느끼며 말했다. "저도 그렇게 느낍니다."

"자네 동생의 성과를 축소할 생각은 없지만, 뒷받침할 다른 정보도 없이 누군가의 말만으로 위험을 감수할 수는 없어. 그게 누구든 간에 말이야. 우리에게는 감마 정찰대원들의 운명에 대한 객관적인 정보가 없어. 따라서 나는 우리가 그 행성에 도착하여 확인할 때까지 녹색이 아니라 황색 신호를 계속 보내려 하네."

"하느님 감사합니다." 무신론자인 애런이 말했다.

옐라스톤 선장이 애런을 이상하게 보았다. 애런은 타이그를 본 사람들과 꿈에 관해 이야기하고 로리와 외계 텔레파시 식물에 대한 두려움을 선장에게 털어놓으려고 했다. 그러나 굳이 그럴 필요가 없어졌다. 옐라스톤 선장은 넘어가지 않았다. 그저 특유의 예의를 보였을 뿐이었다.

"그러니까, 찬성한다는 얘깁니다. 그런데 그 행성에 간다는 건, 그 생물을 점검해보기 전에 결정하신 건가요?"

"그래. 무엇을 찾아내든 대안은 없어. 이 시점에서…." 옐라스톤 선장은 잠시 멈췄다가 말했다. "황색 신호를 계속 보내겠다는 내 결정은 별로 인기가 없을지도 모르네. 2년은 짧은 시간이지만 말이야."

"2년은 영원이나 다름없는 시간입니다." 애런은 상기된 얼굴들과 목소리들을 생각했다. 부스타멘테를 생각했다.

“일부에게는 그럴지도 모르지. 그 시간을 줄일 수 있다면 얼마나 좋겠나. 켄타우로스 호에는 정찰선 같은 가속력이 없어. 더 적절히 말하자면 애런, 일부 승무원들은 우리가 고향 세계에 최대한 빨리 상황을 알릴 의무가 있다고 느낄지도 모르네. 그쪽 상황은 점점 어려워지고 있을 테니까.”

두 사람 다 지구의 어려운 ‘상황’에 경의를 표하며 잠시 침묵했다.

“켄타우로스 호가 그 행성을 확인하기 전에 사고라도 당하면 지구에는 그 행성의 존재가 전해지지 않을지도 몰라. 어쩌면 영원히. 일부는 그런 재난에 대한 두려움을 무겁게 느끼겠지. 반면 우리는 이제까지 어떤 중요 기능 이상도 겪지 않았고, 앞으로 그런 일이 생기리라고 생각할 이유도 없어. 우리는 계획대로 움직이고 있네. 우리가 저지를 수 있는 가장 나쁜 실수는 지금 녹색 신호를 보냈다가, 이민선들이 출발을 감행한 후에 그 행성에 사람이 살 수 없다는 사실을 알게 되는 걸세. 그 배들은 일단 떠나면 돌아갈 수 없어.”

애런은 옐라스톤 선장이 그를 연습 대상으로

삼아서 공식 담화를 준비하고 있음을 알아차렸다. 밀주업자는 쓸모가 많은 법이었다. 하지만 왜 논리적인 의논 상대이자 간부인 돈과 팀이 아닐까? 아, 아. 이제 선장이 말하는 '일부'에 누가 포함되는지 짐작이 갔다.

"그러면 우리가 모두를 이민선 안에서 죽이는 꼴이야. 더 나쁜 것은 그렇게 되면 새로운 이민선을 보내자는 희망은 영영 끝장이라는 걸세. 우리의 조급한 행동이 치명타가 될 수 있어. 지구는 우리를 믿었네. 지구의 믿음을 저버려서는 안 돼."

"아멘."

옐라스톤 선장은 잠시 생각에 잠기더니 불쑥 일어나서 캐비닛 벽으로 걸어갔다. 꼴꼴 소리가 들렸다. 노인이 안도감이 들 때까지 마지막 술을 남겨둔 모양이었다.

옐라스톤 선장이 플라스크를 탕 소리 나게 내려놓았다. "제기랄. 이 임무에 여자는 하나도 데려오지 말았어야 했어."

애런은 죽은 남근이 하는 말이라고 생각하고 저도 모르게 씩 웃었다. 그는 또 솔란지를, 알스트롬을, 켄타우로스 호에 탄 모든 여성 능력자를 생각하고 여성 정찰대장을 두느냐는 문제로 벌어졌던 토론을 생각했다. 그 토론은 다른 모든 면에서는 새로운 임무라 할지라도 내부 혁신만은 최소한으로 하겠다는 정책에 굴복해버렸지만, 어쨌든 그는 옐라스톤 선장의 말뜻을 정확히 알았다.

옐라스톤 선장은 몸을 돌려 애런에게 잔을 보였다. 평소답지 않은 행동이었다. "마음 단단히 먹게, 선생. 이 2년은 우리가 마주해야 했던 어떤 시간보다 힘이 들 거야. 2년이야. 우리가 직접 그 행성에 간다는 사실로 대부분은 만족하겠지." 그는 다시 손가락 관절을 문질렀다. "앞으로 자네가 눈과 귀를 조심스럽게 열고 있어서 나쁠 건 없지 싶네, 애런."

암시, 암시. 의사들에게도 밀주업자처럼 나름의 쓸모가 있었다.

"무슨 말씀인지 알겠습니다, 선장님."

옐라스톤 선장은 고개를 끄덕였다. "계속 애써 주게." 선장은 권위 있게 말했다. 그와 애런은 프랭크 포이에 관해 공통된 의심이 담긴 모호한 인사말을 교환했다.

"최선을 다하겠습니다." 애런은 다짐했다. 어차피 전체 검진을 할 계획이었다. 어쩌면 투사기억 요법을 이용하여 문제를 찾아낼 수 있을지도 모른다.

"좋아. 자, 내일이면 그 외계 생물을 조사하지. 자네 계획을 듣고 싶군." 옐라스톤 선장은 잔을 두고 콘솔로 돌아왔고, 애런은 외계 생물학자와 합의한 과정에 대해 전했다.

"초기 조사는 모두 원위치에서 이루어지겠지요?" 애런은 그 외계 생물의 '원위치'가 지금 바로 왼쪽이라는 점을 의식하면서 설명을 마무리했다. "배 안으로는 들여오지 않고요?"

"맞네."

"그 점을 강제할 권한이 있었으면 합니다. 그리고 복도 입구에도 경비를 세웠으면 좋겠군요."

"자네 권한일세, 선생. 경비도 두겠네."

"좋습니다." 애런은 목을 문질렀다. "몇 사람의, 음, 외계 생물에 대한 심리 반응을 조사 중입니다. 심각하지는 않습니다. 예를 들어서… 혹시 그 외계 생물의 위치감을 느끼신 적 있습니까? 물리적으로 그게 어디에 있는지 알겠다는 느낌 말입니다."

옐라스톤 선장은 껄껄 웃었다. "그야 물론이지. 사실 그래. 저 위, 정북쪽이야." 그는 애런의 오른쪽 높은 곳을 가리켰다. "이게 무슨 의미가 있는 건가?"

애런은 한시름 놓고 웃었다. "네, 저에게는요. 제 방위 감각이 10년이 지나도 별로 좋지 않다는 사실을 알려주는군요." 그는 가방을 집어 들고 옐라스톤 선장의 캐비닛으로 걸어갔다. "전 그 물건이 선장님 침대 밑에 있다고 생각했거든요." 그는 조금 전에 마신 술이 마지막이었음을 확인하고 가득 찬 플라스크를 조심스럽게 꺼냈다.

"동생에게 내 존경심을 전해주게, 애런. 그리고 잊지 말게나."

"기억하겠습니다, 선장님."

애런은 기묘한 감동을 느끼며 밖으로 나갔다. 진지하게 생각해야 하는 줄은 알았다. 돈이나 팀이 소동을 일으키기로 작정한다면 애런 케이 박사가 뭘 할 수 있겠는가? 그렇지만 그는 행복했다. 선장은 로리의 이야기를 맹목적으로 받아들이지 않았다. 서둘러 달려들지도 않았다. 아빠가 우리를 거대 꽃양배추들로부터 지켜주실 거야. 그는 운동을 좀 하는 편이 낫겠다는 생각을 하며 진입로를 잰걸음으로 내려가서 선체 외곽을 두르는 긴 복도에 들어섰다. 선수부터 선미까지 이어지는 이런 복도가 여섯 개 있었다. 이 복도들은 세 척의 큰 정찰선을 보관하는 정박지들 사이를 이었다. 여기에서는 중력이 지구보다 약간 커지기 때문에 사람들은 이 긴 통로를 게임과 운동에 이용했다. 이것 역시 훌륭한 프로그램이라고, 애런은 만족스럽게 생각했다. 그는 돈 퍼셀의 정찰선에서 이름을 따온 베타 복도로 나갔다. 베타 정찰선은 오랫동안 '파시스트 임페리얼리즘 비스트(파시스트 제국주의 짐승)'에서 따온 비스트 호라는 이름으로 불렸다. 팀의 알파 정찰선이 '무신론자 개새끼'로 불린 것과 마찬가지로, 켄타우로스 호가 초창기에 하던 농담이었다. 구 대장의 감마 정찰선은 그저 차이나플라워(중국꽃) 호라고만 불렸는데, 지금은 그 배 자체가 수수께끼의 화물과 함께 줄기에 매달린 꽃 신세였다.

이 복도는 내일 외계 생물을 조사할 감마 정찰선의 복도와 형태가 똑같았다. 애런은 애써 중력 부담을 음미하고 경비원을 배치해야 할 포트 숫자를 세면서 성큼성큼 걸었다. 포트가 열넷, 생각보다 많았다. 우주선 여기저기에서 이 복도로 내려오는 진입로가 있었다. 정찰선이 구명선 역할도 하도록 설계되었기 때문이다. 복도가 워낙 길어서 먼 끄트머리가 흐릿해 보였다. 발바닥으로 한기를 느낄 수 있을 것 같았다. 상상해보라, 그는 우주선 안에 있다! 우주 공간에서 자전하는 깡통벽을 걷는다. '내 발밑에 항성들이 있어.'

애런은 이 복도에서 3년 전, 정찰선 세 대가 켄타우로스의 항성들을 정찰하기 위해 출항하면서 이루어졌던 의식 장면들을 기억했다. 그리고 네 달 전에 처음에는 돈이, 그다음에는 팀이 메탄가스와 바위 말고는 아무것도 없더라는 소식을 안고 돌아왔던 슬픈 귀환 의식도. '짐승'과 '개새끼'가 우리를 로리의 행성으로 데려다줄까? 2년 후에 말이다. 그리고 로리가 아니라 구 대장의 행성이지. 그는 생각에 골몰한 나머지 베타 정찰선의 제어실에서 뒷걸음질 쳐 나오는 돈 퍼셀의 등에 부딪혔다.

"우리를 착륙시킬 준비 중인가요, 돈?"

돈은 씩 웃기만 했다. 애런은 돈이 화염에 휩싸여 떨어진다고 해도 그런 여러 의미로 해석할 수 있는 차분한 웃음을 띠고 있으리라 믿었다. 돈이 정말로 불만을 품었다면 그 웃음의 이면을 알아내기는 어려우리라. 애런은 돈이 불온해 보이지는 않는다고 생각했다. 돈이 앞장서서 부스타멘테의 자이로를 공격하는 모습은 상상하기 어려웠다. 돈은 명령을 받드는 남자, 훌륭한 군인이었다. 팀도 그랬다. 구 대장도 같은 부류였다. 아니 더 심했다. 우리를 여기까지 데려온 유전자형, 우리 종족의 의무감 강한 수송자.

애런은 그 행성에, 그 향기로운 꽃밭에 도착한 돈과 정찰선들과 그들 모두를 상상하면서 고개를 숙이고 로리의 숙소로 이어지는 진입로로 들어갔다. 새로운 지구를 만들기 위해 쏟아져 나가는 그들. 그들이 구 대장의 식민지를 찾게 될까? 아니면 말 없는 해골들을? 하지만 자유와 건물… 그리고, 그러고 나서는 지구에서 선단이 오겠지. 애런은 생각했다. 우리에게는 15년이 있어. 우리가 착륙하자마자 녹색 신호를 보낸다면 15년. 그다음에는 이민 선단이 올 테지. 엘라스톤 선장이 '수송관'이라고 부르는 배들이. 전형적인 항문기 심상이었다. 몇 광년을 가로질러 지구의 쓰레기를 쏟아내는 수송관이라. 물론 처음에는 기술자들, 기본적인 기계들, 농업부터겠지. 선구자 유형의 개척자들. 그런 다음에는 곧 사람들을 위한 사람들, 그러니까 관리자들, 가족들, 정치가들과 모든 산업과 국가들이 그 수송관을 타고 미개척 행성으로 떨어지겠지. 그

미개척지를 뒤덮고 퍼져나가겠지. 그렇게 되면 부스타멘테는 어떻게 될까? 애런과 로리는 어떻게 되고?

그는 이제 로리의 문에 다다랐다. 이제야 휴게실이 비어 있었다.

문이 열렸을 때 애런은 로리가 머리를 빗고 있었을 뿐 수수께끼 같은 행동은 하지 않는다는 사실에 마음을 놓았다. 변함없는 낡은 검은색 위생 빗살이 이제 막 서리가 앉고 있는 구릿빛 곱슬머리를 훑고 있었다. 사실 희끗희끗해져서 더 보기가 좋았다. 로리는 계속 머리를 빗으면서 애런에게 고개를 끄덕였다. 아마 빗질 수를 헤아리고 있겠지.

"선장님이 존경한다고 전해달라는구나." 앉으면서 애런은 혹시 포이가 로리의 방에 도청기를 설치했을지도 모른다고 생각했다. 하지만 영상은 없겠지, 포이라면.

"고마워, 오빠…, 칠십…, 오빠도야?"

"나도 같은 심정이지. 피곤하겠구나. 찾아온 사람들이 있던데. 아까 들르려고 했거든."

"칠십오…, 다들 그 이야기를 듣고 싶어 해. 사람들에게 의미가 큰 일이잖아."

"그렇지. 그나저나 우리의 싸움꾼 중국인에 대해 재치 있게 대응하다니 놀랐다. 너에게 그런 면이 있을 줄이야."

로리는 빗질을 더 세게 했다. "망치고 싶지 않았어. 그 사람들은, 그들은 어쨌든 다 멈췄어. 그곳에서." 로리는 웃으면서 빗을 내려놓았다. "정말 평화로운 곳이야, 오빠. 그곳에서라면 정말로 새롭게 살 수 있을 것 같아. 폭력과 증오와 탐욕 없이. 아, 오빠가 어떻게 생각하는지 알아. 하지만 나에게는 그런 느낌이었어."

가벼운 말투로 그를 속이지는 못했다. 로리, 이곳으로 돌아오기 위해 안간힘을 쓴 낙원의 잃어버린 자식. 눈빛만 보면 로리에게 성스러운 뜻으로 황태자를 일깨운 어린 잔 다르크 역할을 맡길 수도 있을 것이다. 애런은 언제나 그 황태자에게 죄책감 섞인 동정심을 느꼈다.

"사람들이 있는 한은 나쁜 일도 늘 있을 거야, 로리. 그렇다고 사람들이 다 썩은 건 아니야. 여기 우리를 봐."

"여기? 오빠야말로 제대로 봐. 엄선된 지식인 60명. 우리가 정말 좋은 사람들일까? 우리가 서로에게 친절했던 적이 있긴 했어? 난 표면 바로 밑에서 터져 나오기만 기다리는 야만성을 느낄 수 있어. 바로 어제만 해도 싸움이 있었지. 여기에서."

어떻게 그런 소식을 듣는 거지?

"긴장이 심해서 그래, 로리. 우린 인간이잖아."

"인간은 변해야 해."

"젠장, 우린 변할 필요 없어. 기본적으로는 말이야." 애런은 켕기는 마음으로 덧붙였다. 왜 로리는 나에게 이런 짓을 할까? 나 역시 싫어하는 것들을 변호하게 만들다니. 로리 말이 옳다. 하지만, 하지만…. "있는 그대로의 사람들을 좋아하려고 해봐. 예전부터 권했지만." 그는 화가 나서 말하고 자신의 번드르르한 말치레에 넌더리를 냈다.

로리는 한숨을 내쉬고 탁자 위에 놓인 몇 가지 물건을 바로잡았다. 이 방은 감옥 독방 같았다. "왜 우린 우리가 지닌 짐승 같은 부분에 대해서 인간적이라는 말을 쓰는 거지, 오빠? 공격성도 인간적이라고 하고, 잔인함, 증오, 탐욕도 인간적이라고 하지. 그건 인간적이지 않은 면이야, 오빠. 정말 슬픈 일이지. 진짜 인간이 되려면 우린 그런 모든 것들을 뒤로해야 해. 왜 그러려고 노력도 못 해?"

"노력하고 있어, 로리. 우린 노력하고 있어."

"당신들은 이 신세계도 지구 같은 생지옥으로 만들 거야."

애런은 로리의 말을 인정하고, 부모가 죽은 후에 겪은 끔찍한 시간을 기억하며 한숨을 내쉴 수밖에 없었다. 그때 로리는 열여섯이었다. 아버지는 케이 중장이었으며, 그들은 육군 거주지역의 특별 학교에서 보호받고 성취지향적인 아이들로 자랐다. 사고로 고아가 되었을 때 로리는 생물학을 배우고 있었다. 로리는 불현듯 눈을 들어 바깥세상을 보았다. 그리고 다음 순간 애런은 한밤중에 클리블랜드 유치장에서 로리를 끌고 나와야 했다. 게토 사령부에서 로리의 육군 신분증명서를 알아본 덕분이었다.

"아, 애런." 로리는 집으로 가는 헬리콥터 안에서 울면서 말했다. "옳지 않아! 옳지 않다고." 로리의 얼굴은 가스를 맞은 곳마다 얼룩지고 벗겨졌는데, 애런은 차마 그 얼굴을 볼 수가 없었다. "로리, 이건 너에겐 너무 과한 일이야. 나도 옳지 않은 줄은 알아. 하지만 이건 오길비 섬에 개 수용소를 여는 것과는 다른 일이야. 네 머리가 잘려 나갈 수도 있었다는 거 모르겠어?"

"내 말이 그 말이야. 그자들은 사람들에게 역겨운 짓을 하고 있어. 옳지 않아."

"네가 어떻게 할 수 있는 일이 아니야." 애런은 고통스러운 마음으로 모진 말을 던졌다. "정치는 가능성의 기술이야. 이건 실현 불가능해. 너만 죽고 말 거야."

"시도해보지도 않고 가능한지 어떤지 어떻게 알아?"

오, 신이시여. 그다음 해는 어땠는가. 아버지의 이름이 도움되었고, 운이 조금 더 도와줬다. 결정적으로 로리를 구한 것은 어떻게 할 수 없는 로리 자신의 순수함이었다. 애런은 결국 댈러스의 낡은 구역에 있는 영안실 뒤 창고에서 로리를 찾아냈다. 수척한 몸으로 벌벌 떨면서 말도 거의 하지 못하는 로리를.

"오빠, 그들이…." 애런이 턱에서 토사물을 닦아주는 동안 로리는 흐느껴 울었다. "데이비스가 비키를 돕지 않겠대. 데이비스는 비키가 잡히길 원해… 그래야 자기가 지도자가 되니까… 우리가 비키를 돕게 놔두지 않을 거야."

"그런 일도 일어나, 로리." 애런은 로리의 가는

어깨를 안고 떨리는 몸을 진정시키려 했다. “그런 일도 일어나. 사람은 사람일 뿐이야.”

“아니야!” 로리는 애런을 거칠게 밀어냈다. “끔찍해. 끔찍해. 그들이, 우리끼리도 서로 싸우고 있어, 오빠. 권력을 두고 싸우는 거야. 데이비스는 심지어 비키의 여자를 원하기까지 해. 서로 치고받아. 여, 여자는 그냥 소유물인 거야.”

로리는 애런이 가져다준 수프 나머지를 토하고 말았다.

“그렇게 말했더니 날 끌어냈어.”

애런은 무력하게 로리를 안은 채, 로리의 새 친구들이 자기보다도 로리의 기준에 맞지 않는다고 생각했다. 고맙게도.

“오빠.” 로리가 속삭였다. “비키는… 비키는 돈도 받았어. 난 알아….”

“로리, 이제 집에 가자. 내가 해결했어. 지금 돌아가면 넌 시험을 치를 수 있어.”

“…알았어.”

애런은 댈러스에서 42조 킬로미터 떨어진 켄타우로스 호에 앉아서, 이제는 중년이 되어가는 여동생의 얼굴에서 그때와 똑같이 격렬한 이상주의를 알아보고 고개를 흔들었다. 어쩌다 보니 그 행성과, 저 밖에 있는 그 외계 생물과의 유일한 연결고리가 된 그의 여동생을.

"좋아, 로리." 애런은 일어나서 얼굴을 똑바로 볼 수 있게 로리의 몸을 잡아 돌렸다. "난 널 알아. 도대체 그 행성에서 무슨 일이 있었지? 뭘 숨기고 있어?"

"무슨 소리야. 아무것도 없어. 이미 말한 내용이 전부야. 왜 그러는데?"

너무 순수하다고? 애런은 아무것도 믿지 않았다. 아무것도 모르겠다.

"제발 놔줘."

애런은 어쩌면 듣고 있을지도 모르는 포이의 귀를 의식하면서 로리를 놓아주고 물러섰다. 미친 소리로 들리겠지.

"이게 놀이가 아니라는 건 알고 있지, 로리? 우리 목숨이 달렸어. 실제 사람들의 목숨 말이야. 아무리 네가 인류를 싫어한다고 해도… 장난은 치지 않는 편이 좋아."

"난 인류를 싫어하지 않아. 다만 사람들이 하는 어떤 짓들을 싫어할 뿐이야. 난 사람들을 해치지 않을 거야, 오빠."

"네가 바라는 유토피아를 얻기 위해서라면 인류의 90퍼센트라도 없앨 거잖아."

"무슨 그런 끔찍한 말을 해!"

로리의 얼굴은 진심 그 자체였다. 마음이 뻐근해졌다. 그러나 토르케마다*도 사람들을 도우려고 했지.

"로리, 구 대장과 다른 사람들에게는 아무런 나쁜 일도 없다고 맹세해줘. 진심으로 그렇게 말해줘."

"그 사람들은 괜찮아, 오빠. 내가 장담할게. 그 사람들은 아름다워."

"아름다움은 또 뭐냐. 육체적으로 괜찮은 거야?"

"물론 괜찮지."

로리의 눈동자에는 여전히 그 표정이 어려 있었지만, 애런은 더 시도할 방법을 생각할 수가 없었다. 옐라스톤 선장의 조심성을 찬양하는 수밖에.

로리가 손을 뻗었다. 전기가 흐르는 듯한 마른 손이 뜨거웠다. "알게 될 거야, 오빠. 우리가 함께하게 될 테니 멋지지 않아? 돌아오는 길 내내 그 생각

* 15세기 스페인의 종교재판관으로 마녀 사냥에 악명이 높아, 이후 그 이름 자체가 '박해자'라는 뜻으로 쓰인다.

이 날 지탱해줬어. 내일 우리가 그 외계종을 살펴볼 때 나도 그 자리에 있을 거야."

"아, 안 돼!"

"잰잉이 나보고 오래. 오빠가 내 건강은 괜찮다고 했지. 난 잰잉의 으뜸가는 식물학자야, 기억나?" 로리는 장난스럽게 미소 지었다.

"네가 오는 건 찬성할 수 없어, 로리. 네 궤양이…."

"앉아서 기다리기만 하는 편이 훨씬 나쁠걸." 로리는 침착하게 애런의 팔을 잡았다. "옐라스톤 선장님이 녹색 신호를 보내시겠지?"

"직접 물어봐. 난 의사일 뿐이야."

"저런. 아, 뭐, 선장님도 알겠지. 모두 알게 될 거야." 로리는 애런의 팔을 토닥이고 돌아섰다.

"우리가 뭘 알게 된다고?"

"물론 그 식물이 얼마나 무해한지를 말이야. 들어봐, 오빠. 이건 오래전에, 로버트 케네디라는 순교자가 살해당하기 전에 읊은 말인데 말이지. '사람의 야만스러운 심장을 길들이기 위해, 이 세상의 삶을 더 평온하게 만들기 위해.' 좋지 않아?"

"그래, 좋구나, 로리."

애런은 전보다 더 불편해진 마음으로 자리를 뜨

면서 생각했다. 이 세상의 삶은 평온하지 않아, 로리. 널 여기까지 데리고 나온 건 평온함이나 온화함이 아니었어. 야비하고 절박하고 영광을 추구하는 유인원들의 충동이었지. 어째서인지 너는 보지 못하는, 오류에 빠지기 쉬운 인류 말이야.

그는 저도 모르게 주 공용실을 통과하는 길에 접어들었다. 전시 사진들 밑에는 평소대로 밤에 벌어지는 브릿지와 포커 게임이 펼쳐져 있었지만, 돈도 팀도 보이지 않았다. 목소리가 닿는 거리까지 다가가자 이스라엘 물리학자의 목소리가 들렸다. 꼭 섬이라고 하는 것 같았다. 섬이라? 그는 잘못 들었기를 바라며 진료실로 올라갔다.

솔란지가 의료 일지를 가지고 기다리고 있었다. 그는 부스타멘테와 바치의 진료 정보를 읊으면서 솔란지의 따뜻한 가슴에 머리를 기댔다. 그러고 보니 다른 문제가 있었다. 그는 속으로 중얼거렸다. 관두자. 아직 부스타멘테에 대해 걱정할 시간이 2년은 남았어.

“솔란지, 내일 조사 지역 전체에 소독제 분사기를 갖춰놓고 싶어. 발사 장치는 내 위치에 두고. 강력한 제초제에 수은이 함유된 곰팡이 제거제면 되겠지. 창고에서 뭘 꺼내와야 할까?”

“7번이 제일 강력해, 애런. 하지만 그 둘을 혼합할 순 없어. 탱크를 많이 배치해야 할 거야.” 솔란지의 얼굴은 그 화학약품 때문에 죽었을 식물들에 대한 안타까움과 승무원들에 대한 걱정을 비추고 있다.

“좋아, 그러면 탱크를 많이 배치하지. 요청할 수 있는 만큼은 전부 다. 난 그 물건을 믿지 않아.”

솔란지는 애런의 품에 안겨서 작지만 강한 손으로 그를 끌어안았다. 평화롭고 편안했다. 삶이 부드러워졌다. 그의 몸은 아플 정도로 솔란지의 몸을 그리워했고, 평소보다 심한 발기로 그 사실을 증명했다. 솔란지가 킥킥거렸다. 그는 다정하게 솔린지를 애무하고, 몇 주 만에 처음으로 자기 자신으로 돌아온 기분을 느꼈다. 내가 당신을 소유물로 보는 걸까, 솔란지? 분명히 그건 아니야…. 부스타멘테의 거대한 몸이 솔란지를 누르는 모습이 마음속에서 떠나지 않았다. 발기가 더 심해졌다. 애런은 더듬더듬 솔란지를 편안한 그의 침대로 이끌면서 기분 좋게 생각했다. 어쩌면 그 검은 덩치가 계획을 바꿀지도 몰라. 2년은 긴 시간이야….

솔란지의 따스한 엉덩이를 무릎으로 안고 잠에

빠져들면서 애런은 분명치 않은, 우습기까지 한 비몽사몽의 환영을 보았다. 벽만큼 큰 타이그의 얼굴이 이탈리아 아기 예수 장식판처럼 과일과 꽃들로 치장되어 있었다. 분홍색과 초록색 꽃들이 딸랑거리고 요정나라의 뿔나팔이 울렸다. 딴따라! 구심력 있는 멜로디. 딴따라! 따라! 따라!

…그리고 요정의 뿔나팔 소리는 그의 의료 경보 신호로 바뀌었다. 솔란지가 그를 흔들어 깨웠다. 선교에서 온 신호였다.

애런은 침대에서 뛰쳐나가서 반바지를 끌어올리고 한쪽 어깨로 문을 치고 나가서 자유낙하 통로로 올라갔다. 가방은 이미 손에 있었다. 몇 시인지 짐작이 가지 않는다. 옐라스톤 선장에게 심장 마비가 온 건가 생각하니 죽도록 무서웠다. 옐라스톤 선장 없이 어떻게 해나간단 말인가?

그는 가방을 꽉 잡은 채로 발을 차고 날아오르다가 다리가 셋 달린 원숭이처럼 서툴게 벽에 매달리기를 반복했다. 가능한 대체 요법들을 생각하는 데 몰두한 나머지 통신실 복도에서 들려오는 목소리를 놓칠 뻔했다. 그는 통로를 빠져나가서 자기 발을 찾고 달려 내려가면서도 정신을 다른 데 팔고 있다가 처음에는 통신실 계단을 차지한 검은 기둥들을 알아보지 못했다. 기둥이 아니라 부스타멘테의 다리였다.

부스타멘테를 지나쳐 들어간 애런은 무시무시한 광경에 맞닥뜨렸다. 부스타멘테의 손에 잡혀 축 늘어진 팀 브론 정찰대장이 왼쪽 눈에서 피를 흘리고 있었다.

"됐어, 됐어." 팀이 중얼거렸다. 부스타멘테가 팀을 잡아 흔들었다. "그 동력 유출은 대체 뭐였지?" 애런 뒤에서 돈 퍼셀이 들어왔다.

부스타멘테가 으르렁거렸다. "이 새끼가 보내고 있었어. 똥이나 먹을 새끼, 내가 너무 늦었어. 내 빔을 보내고 있었다고." 그는 팀을 다시 흔들었다.

"됐어…." 팀은 감정 없이 같은 말을 되풀이했다. "된 거야."

안와 위에 생긴 상처에서 피가 흘렀다. 애런은 팀을 부스타멘테에게서 떼어놓고, 상처를 덮기 위해 머리를 뒤로 기대게 앉혔다. 애런이 가방을 여는데 항행실에서 이어지는 옆문을 통해 누군가가 천천히 들어왔다. 옐라스톤 선장이었다.

"선장님…." 애런은 아직도 혼란에 빠져서 심장

을 생각했다. 그러다가 옐라스톤 선장이 이상하게 경직되어 있다는 사실을 깨달았다. 아, 이건 안 돼. 선장은 아픈 게 아니라 완전히 망가졌다.

부스타멘테가 자이로 틀을 잡아당겨 열고 있었다. 방 안에 요란한 진동 소리가 가득 찼다.

팀이 애런에게 치료를 받으면서 말했다. “우주선 레이저빔은 건드리지 않았어. 만들 때 우리가 설치해놓은 장비가 있었어. 자넨 그걸 충분히 주의 깊게 보지 않았지.”

“개자식.” 돈 퍼셀이 말했다.

“장비라니 무슨 소리지?” 부스타멘테가 자이로 소리에 맞추어 목소리를 높였다. “무슨 짓을 한 거야, 비행사?”

“멀뚱히 기다리기나 하라고 여기에 날 보낸 게 아니야. 행성이 저기 있는데.”

애런은 옐라스톤 선장의 입술이 힘겹게 움직여서 짓는 이상하게 찌푸린 표정을 보았다. 선장은 으스스하게 말했다. “자네 말은… 자네 말은 그러니까, 녹색 신호를 먼저 보냈다는 거군.”

다른 사람들은 멍하니 선장을 쳐다보다가 하나씩 눈을 돌렸다. 견딜 수 없는 안타까움이 애런의 가슴을 찔렀다. 일어난 일이 너무 끔찍해서 아직도 사실 같지가 않았다.

"개자식." 돈 퍼셀이 멍하니 그 말을 되풀이했다.

녹색 신호를 보냈단 말이지. 애런은 그제야 깨달았다. 러시아인들에게 보냈겠지만, 어차피 모두가 알게 될 테고 모두가 출발할 것이다. 다 끝났다. 그 행성이 좋든 나쁘든 저질러버렸다. 아, 옐라스톤 선장. 선장은 이런 일이 일어날 줄 알고 있었는데. 조금만 젊었더라면, 조금만 더 빨리 움직였다면, 두뇌가 지금의 절반만 알코올에 절어 있었더라면. 그런데 그 술은 내가 갖다줬지.

애런의 손은 기계적으로 하던 일을 마쳤다. 팀은 일어섰다. 돈 퍼셀은 떠나버렸고 부스타멘테는 팀을 쳐다보지 않고 공진기로 자이로실을 탐색하고 있었다. 옐라스톤 선장은 아직도 그림자 속에 뻣뻣하게 서 있었다.

팀이 부스타멘테에게 말했다. "장치는 선체 외장 안에 있었어. 접촉부는 토글스위치 밑에 있지. 걱정하지 마, 일회용이었으니까."

애런은 지금 일어난 일을 믿을 수 없어 하며 팀을 따라 나갔다. 밖에서 폴리 대위가 기다리고 있었다. 폴리도 한패겠지. 애런이 말했다.

"팀, 어떻게 그렇게 확신할 수가 있었지? 당신이 모두를 죽인 걸지도 몰라."

러시아 우주비행사는 한쪽 눈으로 차분하게 애런을 내려다보았다. "기록은 거짓말을 하지 않아. 그걸로 충분해. 더 찾아낼 것도 없어. 저 늙은이는 영원히 기다리기만 했을 거야." 팀은 꿈의 행성을 눈앞에 그리며 쿡쿡거렸다.

애런은 다시 들어가서 옐라스톤 선장을 숙소로 데려갔다. 선장의 팔은 희미하게 떨리고 있었다. 애런도 동정심과 혐오감으로 떨고 있었다. '저 늙은이'라고, 팀은 선장을 그렇게 불렀다. 저 늙은이…. 그는 느닷없이 이 밤의 재난이 가진 모든 의미를 깨달았다.

'2년이야.' 그 행성엔 아예 가보지 못할 수도 있었다. 실패한 선장과 함께 이 금속 깡통 안에서 2년을 보낸다고? 술에 취해서 비웃음이나 당하는 늙은이를 선장으로 두고? 산소 공급이 저하됐던 그때, 모두의 머릿속이 공황 상태에 빠졌던 그 참을 수 없는 몇 주 동안 옐라스톤 선장이 했던 것처럼 모두를 단합시킬 사람이 없다는 뜻이었다. 그때 선장은 너무나 훌륭하고 너무나 옳았다. 지금 그는 팀에게 그 모든 것을 빼앗겨버렸다. 져버렸다. 이런 일이 일어나고 나면 우리는 하나가 아니다. 모든 것이 악화할 것이다. 2년이나….

“환풍기… 안에.” 옐라스톤 선장은 애런의 부축을 받아 침대에 누우면서 비통한 위엄이 남은 목소리로 속삭였다. “환풍기 안… 내 잘못이야.”

“아침에 생각하세요.” 애런은 두려운 마음으로 부드럽게 말했다. “부스타멘테가 방법을 찾을 수 있을 거예요.”

“…….”

애런은 절망적인 기분으로 자러 갔다. 잠들지는 못할 것이다. ‘2년이나….’

3

정적… 눈부시고 냉담한 공허, 구름도 없고 울음도 없다. 무한한 지평선. 어딘가에서 언어가 떠올라 침묵을 말한다. '나는 배우자다.' 취소 신호음. 미생물 크기에 투명해진 애런은 무한의 바닥 위로 무척이나 아름답게 결이 살아있는 은빛 막을 본다. 이제 보니 그것은 사춘기의 포피(包皮)다. 그가 첫 수술에서 찢어낸….

애런은 태아 같은 자세로 반쯤 깨어났다. 깨어나면 뭔가 무서운 일이 기다리고 있을 것 같았다. 그는 꿈속으로 다시 돌아가려 하지만, 어떤 손이 그러지 못하게 막고 의식을 찾도록 떠밀었다.

눈을 떠보니 코비가 뜨거운 컵을 내밀고 있었다. 아주 나쁜 신호였다.

"팀에 대해서는 아시죠?" 애런은 불편한 자세로 마시면서 고개를 끄덕였다. "그래도 돈 퍼셀에 대해서는 못 들으셨죠? 제가 안 깨웠어요. 의사가 할 일은 없어서요."

"돈 퍼셀이 왜? 무슨 일이 있었는데?"

"각오하고 들어요, 보스."

"맙소사, 제발 속 시원히 말해, 코비."

"흠, 0300시쯤에 선체가 진동했어요. 타이그의 테이프가 모두 삑 소리를 냈죠. 여기저기 연락을 돌려보고 겨우 알아냈어요. 돈이 정찰선을 자동으로 발사해버렸나 봐요. 테이프, 기록, 그리고 돈이 손댈 수 있었던 모든 정보가 담겨 있었어요. 그 행성에 대해서요. 그 정찰선이 속도를 얻으면 지구에 신호를 날릴 수 있을 거래요."

"하지만 돈은? 돈이 그 안에 있어?"

"아무도 타고 있지 않아요. 자동조종 상태죠. '비스트' 호에 특별한 장치도 있었다는데요. 지구에서 어디 다른 곳에 새로운 귀를 세워둔 게 분명해요. 저는 화성이라고 들었고요."

"맙소사…." 모든 일이 너무 빨리 일어났다. 어디에서 정보를 얻는지는 몰라도 코비는 나쁜 소식이라면 모르는 게 없었다. 그러다가 애런은 코비의 웃는 얼굴 아래에 깔린 희미한 애원을 알아차렸다. 이게 그나마 코비가 할 수 있는 일이었다. 서툰 선물이었다.

"고마워, 코비." 애런은 힘겹게 일어났다… 처음에는 팀, 그다음에는 돈이라. 켄타우로스 호에서 전쟁놀이라니. 다 끝났다. 다 끝장났다.

"일이 노친네한테는 지나치게 빨리 진행되고 있어요." 코비는 애런의 침대에 스스럼없이 등을 기댔다. "좋은 일이기도 하죠. 우리에겐 더 현실적인 정치 조직이 필요해요. 이 위대한 지도자상은, 그건 끝났어요. 아, 그래도 표면적인 얼굴로 놔둘 순 있죠. 돈과 팀도 끝이에요. 어쨌든 일단은요. 우선 선거로 운영위원회를 뽑아야 해요."

"미쳤군, 코비. 위원회로 우주선을 굴릴 순 없어. 정치라니, 자살하는 꼴이 될 거야."

"내기할래요?" 코비가 씩 웃었다. "변화를 좀 보게 될 걸요, 보스."

애런은 그 목소리를 듣지 않으려고 머리를 물

속에 집어넣었다. 선거라니, 아무것도 없는 곳에서 2년 동안? 그건 러시아 파벌, 미국 파벌, 제3세계와 제4세계 파벌을 뜻했다. 자연과학자들 대 인문학자들 대 기술자들 대 생태학자들 대 일신론자 대… 이 부서지기 쉬운 배 안에 지구의 온갖 파벌이 우글거릴 것이다. 도대체 그 행성에 도착했을 때 우린 어떤 꼴일까? 그렇게 오래 살아남기나 한다면 말이지만. 그리고 우리는 어떤 식민지를 만들까? 아, 저주받을 옐라스톤 선장, 저주받을 나….

코비가 계속 말하고 있었다. "1100시에 전체 회의예요. 그나저나 어젯밤에는 타이그가 정말로 20분쯤 돌아다녔어요. 인정하죠. 제 실수에요. 격리가 풀렸다는 걸 깜박했어요. 해는 없었고요. 바로 다시 데려다놨어요."

"타이그가 어디에 있었지?"

"같은 곳이에요. 차이나플라워 호가 있던 정박소 옆이요."

"회의에도 자네가 데려가." 애런은 충동적인 지시로 그들 모두에게 벌을 내렸다.

그는 늦잠을 잔 탓에 뻐근한 몸과 임박한 파멸의 예감을 떨쳐내려 애쓰며 아침을 먹으러 나갔다.

회의에 나가기가 두려웠다. 불쌍한 늙은 옐라스톤 선장이 실수를 덮으려고 헛되이 노력하는 모습, 체면을 건지려고 노력하는 모습을 볼 생각을 하니…. 허울뿐인 얼굴이라. 옐라스톤 선장은 받아들이지 못할 것이다. 우울증에 빠질 게 분명했다. 애런은 생각을 다른 곳으로 돌리기 위해 타이그의 테이프들을 정리했다.

기록이 전보다 더 나빴다. 총점이 20분간 자리를 비우기 전보다도 5점은 더 떨어졌다. 중추신경계 기능도 어긋났다. 걸어 다닐 수 있는 환자, 특히 타이그처럼 안정된 환자에게서는 이런 상황을 본 적이 없었다. 흥미롭군… 연구해봐야겠어. 애런은 냉담하게 생각했다. 우리 모두의 그래프도 맞지 않고 있지. 분열되고 있어. 옐라스톤 선장은 우리의 조율기였어. 선장 없이 해낼 수 있을까? 나도 포이만큼 의존적인 건가?

회의 시간이었다. 그는 안타까움과 두려움에 느글거리는 속으로 공용실을 향해 터벅터벅 걸어갔다. 너무나 듣기가 싫었던 나머지 처음에는 기적을 알아차리지도 못했다. 안타까워할 필요가 없었다. 애런의 눈앞에 선 옐라스톤 선장은 목소리가 확고

하고 자세가 꼿꼿하며, 지도자다운 카리스마를 내뿜었다. 선장은 켄타우로스 호가 아침 0500시에 공식적으로 알파 항성에 대한 녹색 신호를 지구에 보냈다고 말하고 있었다.

뭐라고?

옐라스톤 선장은 쾌활하게 말했다. "이미 아는 분들도 있겠지만, 우리의 두 정찰대장도 각자의 독립적인 권한을 발휘하여 지역 정부에 동일한 전언을 보냈습니다. 이들의 행동은 우주선 탑승 전에 상급자들로부터 받았던 특수한 명령에 따라 이루어졌음을 강조하고 싶군요. 우리 모두는, 여기 이 임무에 합류한 우리 모두는 언제나 우리가 떠날 때 이 임무를 지원해준 지구의 UN이 더 완벽하게 통합되어 있지 않았다는 사실을 아쉽게 생각했지요. 이제는 전보다 통합되어 있으리라 희망합니다. 그러나 우리가 걱정할 문제는 아닙니다. 우리가 다시는 가지 못할 세계에서 일어나는 긴장 관계니까요. 지금 저는 팀 브론과 돈 퍼셀 두 사람 모두…."

옐라스톤 선장은 두 정찰대장을 향해 아버지 같은 고갯짓을 했다. 팀이 한쪽 눈에 붕대를 감기는 했지만 두 사람은 평소처럼 선장 왼쪽에 앉아 있었다.

"자신들의 명령을 충실히 수행했다고 말해두고 싶습니다. 아무리 진부한 명령이었다 해도, 나나 다른 누군가가 같은 짐을 지고 있었다면 똑같이 해야 한다는 의무감을 느꼈을 겁니다. 두 사람이 지고 있던 의무는 이제 사라졌습니다. 두 사람이 따로 보낸 신호가 지구에 도착한다면 우리가 지구 전체에 보낸 공식 통신을 뒷받침하는 역할을 할 것입니다.

자, 이제 우리는 눈앞의 일들을 생각해야 합니다."

애런은 생각했다. 이런 세상에, 저 늙은이가, 저 늙은 여우가 다 되돌려놨어. 내가 이젠 끝났다고 생각했을 때 주도권을 빼앗아 왔어. 환상적이야. 하지만 도대체 어떻게? 신호용 레이저를 올리는 것도 간단한 일이 아닌데. 애런은 주위를 둘러보다가 부스타멘테의 웃는 얼굴을 알아차렸다. 저 친구가 전자 정글 속에서 요리를 하고 있었군. 옐라스톤 선장과 같이 말이야. 애런은 혼자 씩 웃었다. 행복했다. 행복한 나머지 그는 머릿속에서 들려오는 '대가가 있을걸'이라는 중얼거림도 무시했다.

"구 대장이 우리에게 보낸 해당 행성의 생명체에 대한 생물학적 조사를 오늘 오후 1600시경에 시작합니다. 감마 1 복도에서 오염을 방지하기 위해 밀폐된 공간 안에서 이루어지겠지만, 전체 조사 과정은 각자 뷰어로 볼 수 있을 겁니다." 엘라스톤 선장은 빙긋 웃었다. "화면으로 보는 편이 현장에 있을 나보다 더 잘 보일지도 모르지요. 다음으로, 조사와 동시에 추진실은 알파 행성을 향해 항로를 변경할 준비에 들어갑니다. 가능한 한 빨리 각자 구역을 가속과 항로변경에 대비하도록 합니다. 벡터 하중은 내일 공지하겠습니다. 알파와 베타 구역에서 일어나는 문제는 돈과 팀에게 상의하세요. 감마 구역은 구 대장이 없으므로 1등 기관사 싱이 맡겠습니다. 그리고 마지막으로, 우리는 일반적인 식민화 계획을 지금 손에 들어온 행성 정보에 맞추어 개선하는 작업에 착수해야 합니다. 첫 번째 목표는 전문가들이 감마 정찰선의 기록에서 뽑아낼 수 있는 모든 지표를 통합하여 행성 지도를 만드는 것입니다. 지도가 있으면 그에 따라 계획을 세울 수 있습니다. 이 일은 상상력과, 모든 우연성과 매개변수에 대한 주의 깊은 고려를 요구합니다. 신사 숙녀분들. 주사위는 던져졌습니다. 우리에게는 우리 종족이 일찍이 경험하지 못한 큰 모험에 대비할 시간이 2년밖에 없습니다."

애런은 그 고풍스러운 표현에 미소를 지으면서도 목이 메었다. 주위의 웅성거림도 잠시 잦아들었다. 옐라스톤 선장이 돈과 팀에게 고갯짓하자 두 사람은 일어서서 함께 나갔다. 완벽했다. 애런은 우린 해낼 거라고, 우린 괜찮다고 생각했다. 코비가 멍청했다. 아버지는 멀쩡히 살아 있었다. 이제는 모두가 시끄럽게 떠들고 있었다. 애런은 사람들을 뚫고 로리의, 아니 알파 행성의 거대한 꽃밭 사진을 지나쳐서 밖으로 나갔다. 미래의 집. 옐라스톤 선장이 우리를 그곳으로 데려다줄 것이다. 이미 실패를 성공으로 바꾸지 않았는가.

하지만 대가가 있겠지. 그의 전뇌가 되풀이해서 말했다. 녹색 신호는 지구로 가고 있다. 우리만이 아니라 지구인 모두가 그 세계로 갈 테니. 이제는 그 행성이 멀쩡해야만 한다.

애런은 장비를 챙기러 가면서, 합리적인 근거는 없지만 비상 소독 장치를 두 배로 늘려야겠다고 결심했다.

기록 124 586 sd 4100 x 1200 전원에게 공지

감마 1 복도는 오늘 1545시부터 외계 생명체의 생체 분석을 위해 우주 재해대비 봉쇄에 들어감/ /참여자는 다음과 같이 제한함: [1] 켄타우로스 호 지휘 장교 [2] 지명된 외계 생물학/의학 담당자 [3] 선외활동 팀 찰리 [4] 복도 밀폐문에 배치된 안전/생존 요원/ /상기 담당자들은 복도 봉쇄가 풀릴 때까지 우주복을 입어야 함/ /이 작업에 존재하는 미지의 위험 요소를 고려하여 모든 접근 포트의 선내 측에 추가 경비원들을 배치함. 특별 근무 명단 첨부/ /관계자가 아니면 이 시각부터 감마 1 복도에 들어가지 말 것. 들어가서는 안 됨/ /조사 과정 전체를 가장 가까운 실행 지점에서 찍은 영상을 우주선의 모든 화면으로 볼 수 있음. 대략 1515시부터 채널 1에서 방송.

— 지휘부 옐라스톤 선장

감마 1 복도에서 가장 큰 위험 요소는 전선들이었다. 애런은 부피 큰 우주복을 잡고, 뒤엉킨 장비 한복판의 칸막이벽에 몸을 기대면서 전자공학 팀원들과 언쟁하는 잰잉을 지켜보았다. 외계 생물학 팀장 잰잉은 이 복도에 완전한 컴퓨터 이용 능력을 갖추고 싶어 했다. 그런데 케이블이 기밀문을 뚫고 지나가게 할 방법이 없었다. 선외활동 팀에게 요청

해 보았지만, 그들은 자기네 단말기를 하나도 포기하지 않으려 했다. 결국, 이 문제는 밀폐문 조종반을 하나 희생해서 풀렸다. 기술자이면서 경비원으로도 일할 고물카가 컴퓨터를 연결하기 위해 조종반을 잘라내기 시작했다.

전선들이 갑판 전체를 구불구불 휘감았다. 외계 생물학 팀은 자기네 실험실 절반을 가져왔고, 애런은 바이오 모니터 연장 장비 외에도 여덟 가지가 넘는 원격조작 장치들을 볼 수 있었다. 그 위에는 카메라 팀원들 모두가 진을 쳤다. 카메라 한 대는 차이나플라워 호의 승무원 구역으로 이어질 작은 해치 반대편에 놓였고, 두 대는 외계 생명체가 들어 있을 큰 화물칸으로 연결할 해치 옆에 놓였으며, 위에서 전체 경관을 보기 위한 카메라도 몇 대가 더 있었다. 그들은 또 복도를 찍기 위해 천장 화면까지 설치했다. 애런은 그 사실을 알고 기뻤다. 해치를 보기에는 너무 뒤에 있었기 때문이다. 안전팀이 케이블을 거둬들여 벽을 따라 묶으려고 노력하고 있지만, 우주복 생명선까지 더해지면 더 엉망진창이 될 수밖에 없었다. 다행히도 전원이 우주복을 입는 것은 선외활동 팀이 차이나플라워 호를 정박소까지 끌어다 넣은 다음의 일이었다.

애런의 위치는 제일 멀리 떨어진 곳, 복도의 선미 측 끝이었다. 애런 앞에는 선외활동 작업을 위한 밀폐문과 열린 우주, 그다음에는 외계 생물학부의 긴 혼란이었다. 외계 생물학 사람들 너머는 커다란 화물칸 해치였고 그다음에 작은 해치, 그리고 마지막으로 멀리 지휘소가 있었다. 지휘부 알파는 옐라스톤 선장과 팀 브론을 의미했다. 애런이 선 자리에서는 팀의 안대를 겨우 알아볼 수 있었다. 팀은 돈 퍼셀과 이야기 중이었는데, 돈은 만약에 대비하여 켄타우로스 호 선교를 맡으러 돌아갈 것이었다. 애런은 두 개의 해치 맞은편에 배치해둔 소독제 분사기들의 선반을 노려보았다. 그 분사기들에도 전선이 달렸고, 그 선들은 애런의 손 옆 스위치로 이어졌다. 그 분사기들을 두고 외계 생물학부 사람들과 충돌이 있었다. 잰잉은 귀중한 외계 생명체에게 흠집을 내느니 산 채로 잡아먹힐 사람이었다.

누군가의 손이 그의 어깨를 잡았다. 먼 길을 돌아온 옐라스톤 선장이었다. 그 주의 깊은 얼굴만 보아서는 혈관 속에 어떤 화학물질이 흐르는지 짐작할 수도 없었다.

"주사위는 던져졌군요." 애런이 말했다.

옐라스톤 선장은 고개를 끄덕이고 조용히 말했다. "도박이지. 우리 임무는… 난 끔찍한 짓을 저질렀는지도 몰라, 애런. 그들은 올 수밖에 없어. 다른 두 나라도 올 테니까."

"선장님은 그러실 수밖에 없었습니다."

"아니야." 애런은 고개를 들었다. 옐라스톤 선장은 그에게 이야기하는 게 아니었다. 그의 눈은 냉정한 우주의 점수판을 보고 있었다. "아니야. 황색 신호를 보내고 사람들에게는 녹색을 보냈다고 해야 했어. 부스타멘테는 침묵을 지켰을 거야. 그랬더라면 최소한 UN의 우주선은 잡아뒀을 텐데. 그게 옳은 수였어. 제때 생각해내지 못했어."

선장은 굳어버린 애런을 뒤로 하고 복도 저편으로 가버렸다. 황색 신호를 보내고 우리에게 2년 동안 거짓말을 한다고? 옐라스톤 선장이? 하지만 서서히 이해가 갔다. 그래, 그랬다면 그 행성에 문제가 있을 경우에 뭐라도 건지기는 하겠지. 그편이 나았을 것이다. 선장이 한 일은 훌륭했지만, 최선은 아니었다. 취해 있었기 때문에… 내 잘못이었다. 내 어리석은 감수성 때문에, 내가….

사람들이 그를 밀어내며 움직였다. 우주복을 입고 나갈 준비를 한 선외활동 팀이었다. 조지 브록숄더 팀장의 우주복은 강렬한 아메리카 원주민의 상징들을 그려놓아 예술 작품이나 다름없었다. 마지막으로 지나가던 사람이 애런의 팔을 때렸다. 브루스 장이었다. 그는 금박을 씌운 안면판 너머로 애런에게 짓궂은 윙크를 던졌다. 애런은 그들이 선외활동용 밀폐문으로 줄줄이 들어가는 모습을 지켜보며, 3주 전 그들이 의식을 잃은 로리를 태운 차이나플라워 호를 끌고 오기 위해 나갔을 때도 똑같은 모습이었음을 기억했다. 이번에 그들이 할 일은 줄을 끌어 올리는 것뿐이었다. 그것만으로도 위험하기는 했다. 회전하는 기계들은 사람을 우주 공간으로 보내버릴 수 있었다. 애런은 언제나 자신에게 없는 기술에 경외심을 느꼈다.

비디오 화면이 살아나서 빙빙 도는 별들을 비췄다. 우주복 하나가 그 별들을 가로막았다. 그 우주복이 지나가고 나자 작은 노란색 불빛 세 개가 암흑을 향해 움직이는 모습이 보였다. 한참 아래에 있는 차이나플라워 호를 향해 내려가는 팀원들의 헬멧 조명이었다. 애런의 뱃속이 꿈틀거렸다. 외계 생물이 저기 있다. 이제 그 외계 생물을 만날 것이다. 그는 눈을 깜박이다가 정찰선 화물칸에 집어넣을 센서들을 올릴 장착대들을 정리하고 모으기 시작했다. 그러면서 그는 제일 가까운 밀폐문의 비트렉스 창을 통해 그를 들여다보는 얼굴들을 알아차렸다. 애런은 손을 흔들었다. 본론은 아직 시작도 하지 않았음을 이해한 얼굴들은 떠났다. 기나긴 오후가 될 참이었다.

애런과 잿잉이 장비 선을 다 연결했을 즈음에는, 우주복 담당자들만 빼고 비관계자는 모두 그 복도를 떴다. 선체가 부드럽게 신음하고 있었다. 차이나플라워 호가 그들을 향해 올라오고 있다는 신호였다. 갑자기 애런 옆의 벽이 철컹 소리를 내고, 삐거덕거리는 소리가 울려 퍼졌다. 포트용 탐사기들이 들어가고, 삐걱거리는 소리는 멈췄다. 애런은 저도 모르게 몸서리를 쳤다. 외계 생물이 여기 있었다.

선외활동 방향 전환 신호가 번쩍이자 팀 브론의 목소리가 울려 퍼졌다. “전원 우주복 착용.”

선외활동 팀이 안으로 돌아오고 있었다. 우주복 담당자들이 복도를 따라가면서 생명선을 확인하고 가능한 한 깔끔하게 풀어냈다. 갑갑한 작업이 될 것이다. 우주복 담당자들이 마침내 애런에게 다다랐다. 우주복을 단단히 닫으면서 보니 밀폐문 너머에 사람들이 더 많이 와 있었다. 이제는 비디오 화면이 모두 켜져서 풍경을 훨씬 잘 전하는데 그 얼굴들은 문 앞을 떠나지 않았다. 애런은 혼자 쿡쿡 웃었다. 맨눈으로 보고 싶어 하다니 원숭이다운 충동이랄까.

"조사 관계자 외에는 전원 철수한다."

선외활동 팀이 차이나플라워 호의 승무원용 해치 맞은편 벽을 따라 한 줄로 늘어섰다. 이 해치를 먼저 열어서 외계 생물의 생명 작용에 대해 정찰선이 자동으로 기록한 내용을 회수할 계획이었다. 아직 살아 있을까? 애런은 이제 아무런 신비한 직감도 느끼지 못했다. 점점 더 긴장될 뿐이었다. 그는 의식적으로 평소처럼 호흡하려 했다.

"경비원들은 이 구역을 차단하라."

이 복도로 통하는 마지막 입구들이 단단히 닫혔다. 애런은 늘어선 외계 생물학 팀 중 세 번째 위치에서 그를 돌아보는 안면보호판을 보았다. 그 속에 든 것은 로리의 얼굴이었다. 애런은 움찔했다. 로리가 와 있다는 사실을 잊고 있었다. 그는 자신이 로리와 화물 포트 사이에 있었으면 좋겠다고 생각하면서 장갑 낀 손을 들어 올렸다.

차단 완료. 경비원들이 제 위치에 섰다. 조지 브록숄더와 다른 두 명의 선외활동 팀은 차이나플라워 호의 승무원용 포트에 연결된 기밀실을 열기 위해 움직였다. 애런은 머리 위 화면으로 확대된 장면을 지켜보았다. 금속이 절그렁거리고, 기밀실 해치가 옆으로 미끄러져 열렸다. 선외활동 팀이 기체 분석기를 들고 들어가자, 해치가 다시 닫혔다. 다시 기다림. 애런은 외계 생물학 팀이 우주복 무선을 조정하는 모습을 보고서야 선외활동 팀이 무선으로 보고하고 있음을 깨달았다. 그는 주파수를 찾아냈다. "예상대로… 예상대로의 공기(치직, 치직)…." 해치가 다시 미끄러져 열리고, 사람들이 보일락말락 한 안개와 함께 나왔다. 로리가 다시 애런을 돌아봤다. 그는 이해했다. 이것이 로리가 1년 가까이 호흡한 공기였다.

정찰선의 기록 테이프가 들려 나왔다. 외계 생물은 살아 있는 모양이었다.

"신진대사 기록은 사전 조사와 동일, 외피 변화

없습니다." 무선으로 잰잉의 목소리가 들렸다. "간헐적인 생체발광 현상, 2에서 8촉광." 8촉광이라, 밝았다. 그러니까 로리가 그 점에 대해서는 거짓말을 하지 않은 셈이었다. "강력한 상승 곡선이 켄타우로스 호와의 첫 번째 도킹과 일치함… 두 번째 상승은 정찰선이 정박소에서 떨어져 나갔을 때 일어났군요."

애런은 그게 타이그가 컨테이너를 열었을 때, 혹은 열지 못했을 때쯤이리라 생각했다. 아니면 정찰선의 움직임에 자극을 받았을지도 모르겠다.

"공기 순환용 환풍기 중 하나는 작동하지 않음." 외계 생물학자가 보고를 계속했다. "그러나 남은 환풍기들로 적절히 기체 교환을 한 듯 보입니다. 행성의 지속적인 바람에 적응한 생물이니 외부 대기를 계속 갈아줄 필요가 있어요. 또 맥동 같은 내부 압력 변화가 나타나는데…."

애런은 그 행성의 바람 속에, 재활용하지 않은 야생의 공기가 흐르는 가운데 발을 내딛는 자신을 떠올리느라 잠시 정신을 다른 곳에 팔았다. 그곳에서 저 생물은 바람을 받으며 살아가겠지. 로리가 묘사한 대로 길이가 4미터에 달하는 꼬투리 모양의 덩어리. 커다란 과일 바구니 같았다. 그 생물은 저 안에서 1년 동안 몸을 움츠린 채 신진대사를 하고, 맥동하고, 발광하면서… 또 무슨 일을 했을까? 생명의 기능이라면 물질대사, 자극반응, 재생산이다. 재생산을 하고 있었을까? 코비가 생각하는 작은 괴물들이 가득 든 채 뛰쳐나오려고 기다리고 있을까? 아니면 스며 나와서 우리 모두를 삼키려고? 애런은 저도 모르게 소독제 분사 스위치에서 멀어졌음을 깨닫고 되돌아갔다.

"질량은 변함없고, 활동 벡터는 안정적." 잰잉이 결론을 내렸다.

그러니까 증식하지는 않았다는 뜻이었다. 그저 그 안에 웅크리고 있을 뿐. 사색이라도 하면서? 애런은 생체발광 현상이 절정에 달한 순간들이 켄타우로스 호에 일어난 현상과 관계가 있을지 생각했다. 그런데 어떤 현상? 타이그를 목격한 사건들이라든가, 악몽이라든가? 그는 스스로에게 바보같이 굴지 말라고 말했다. 그러나 그의 귓속에서 꼬마 악마가 뉴잉글랜드의 이주민들도 해류와 겨울 기온을 연관시키지는 못했다고 대꾸했다…. 그는 로리가 용접을 해서 차단해둔 창을 잘라내어 열 것인가 말 것인가를 두고 벌이는 선외활동 팀의 토론을 멍하니 들었다. 결국 창을 잘라내지 않고 바로 화물칸을 열자는 결론이 내려졌다.

선외활동 팀이 나오고, 연장 탐침을 맡은 사람들이 장비를 들었다. 케이블들이 느릿느릿 춤을 추는 뱀처럼 구불거렸다. 브루스 장과 선외활동 팀장이 무거운 화물칸 해치를 풀었다. 여기에 정찰선의 바닥 쪽에 있는 장비, 차와 비행기와 발전기들이 실리는 포트가 있었다. 해치는 소리 없이 미끄러져 열리고, 두 사람은 안으로 들어갔다. 애런은 비디오 화면으로 두 사람이 정찰선 포트를 뜯어내는 모습을 볼 수 있었다. 포트가 열렸다. 화물창은 감압을 하지 않았기 때문에 빠져나오는 수증기가 없었다. 애런은 우주복을 입은 두 사람 너머로 외계 생물이 갇혀 있는 화물 모듈의 반짝이는 옆면을 볼 수 있었다. 센서 담당자들이 나서서 목이 긴 괴수 같은 탐침을 안으로 밀어 넣었다. 애런은 복도 전체를 보여주는 다른 화면을 올려다보고 이상하게 거대한 자각을 경험했다.

그는 생각했다. 여기 우리 인간이 있다. 우리를 쏟아낸 커다란 얼룩으로부터 몇백만, 몇천만 킬로미터 떨어진 곳까지 온 자그마한 생명의 얼룩인 우리가, 복잡한 고통을 안은 채로 어두운 황무지에 나와서 다른 생명 형태와 조우할 준비를 하고 있다. 초라하고 비열하고 불완전한 우리가 어떻게 인가 이런 일을 해냈다. 가소로운 장비들, 꼴불견인 우주복을 입은 사람들, 예방조치들, 노고와 절차들… 정말이지 믿을 수가 없다. 잰, 브루스, 엘라스톤 선장, 팀 브론, 부스타멘테, 앨리스 베리먼, 코비, 가와바타, 내 성녀 같은 동생, 불쌍한 프랭크 포이, 멍청한 애런 케이까지…, 강물처럼 머릿속을 흘러가는 얼굴들. 적대적이든, 미소를 짓고 있든 모두가 각자의 결함 있는 현실로 고통받고 있다. 우리 모두가 그렇다. 어떻게인가 우리는 스스로를 이 놀라운 순간까지 끌고 왔다. 어쩌면 우리가 정말로 우리 종족을 구하고 있는지도 모른다. 정말로 새로운 지구와 낙원이 앞에 놓여 있는지도 모른다….

그 순간은 지나갔다. 애런은 여전히 차이나플라워 호 안에서 화물 모듈 포트와 씨름하고 있는 이들의 등을 지켜보았다. 감지기 담당자들이 가까이 다가가면서 화면을 막았다. 애런은 엘라스톤 선장과 팀 브론이 서 있는 선수 쪽 복도 끝을 쳐다보았다. 선장은 콘솔 위로 뻣뻣하게 팔을 뻗고 있었다. 비상대피용일 것이다. 선장이 스위치를 당기면 통풍관이 열리고, 복도는 몇 분 만에 감압된다. 열려 있다면 외계 생물이 든 모듈도 마찬가지다. 좋다. 애런은 안심했다. 그는 자기가 맡은 소독제 분사 스위치를 확인하고, 다시 한번 자신이 스위치에서 멀어졌음을 깨닫고 되돌아갔다.

우주복 무선으로 혼란스러운 외침과 툴툴거리는 소리가 들렸다. 아무래도 모듈 포트를 여는 데 어려움이 있는 모양이었다. 감지기 담당 한 명이 탐침을 떨어뜨리고 안으로 들어갔다. 또 한 명이 따라갔다. 무슨 문제가 있나?

화면에는 우주복 등밖에 보이지 않았다. 선외활동 팀 전원이 그 안에 있었다. 아! 갑작스레 빛이 들어왔다. 이상한 분홍빛 광채 사이로 사람들의 모습이 파랗게 보였다. 불이 났나? 애런의 심장이 껑충 뛰어오르고, 그는 사람들의 머리 너머를 보려고 비틀거리며 기둥으로 다가갔다. 불이 아니었다. 연기가 없었다. 당연한 일이었다. 외계 생물의 빛이었다! 그들이 화물 모듈을 연 것이다.

하지만 왜 다들 안에 있지? 왜 뒤로 물러서서 센서를 집어넣지 않지? 사람들의 몸 너머로 장밋빛이 넓게 비쳤다. 살짝 열지 않고 포트를 완전히 개방한 게 분명했다. 저 물건이 나오려고 하는 걸까?

"문 닫고 나와요!" 애런이 우주복 마이크로 외쳤다. 그러나 무선 주파수에는 잡음만 가득했다. 모두가 해치를 향해 밀려들고 있었다. 위험하게도. "선장님!" 애런이 헛되이 외쳤다. 여전히 계기반 위에 올라가 있는 옐라스톤 선장의 손을 볼 수 있지만, 팀 브론이 선장의 팔을 잡고 있는 듯했다. 선외활동팀은 모두 차이나플라워 호 안에, 아니 아예 화물 모듈 안에 들어가 있었다. 정확히 알 수가 없었다. 분홍색 광채는 복도를 밝히고 다시 꺼졌다.

"물러서! 자기 위치로 돌아가!" 옐라스톤 선장의 목소리가 지휘용 주파수를 타고 퍼지면서 내부 통화 장치의 잡음이 사그라졌다. 애런은 문득 주위의 압력을 인지하고, 자신이 어느새 외계 생물학 팀이 맡은 위치까지 걸어간 데다가 다른 사람이 그의 등을 밀고 있다는 사실을 깨달았다. 헬멧 안에 든 얼굴은 아킨이었다. 그들은 서툴게 서로의 우주복을 떼어내고 뒤로 물러섰다.

"물러서, 각자 위치로! 선외활동 팀, 보고하게."

애런은 움직이기가 이상하게 힘이 들었다. 게다가 답답한 헬멧을 열고 싶은 마음이 간절했다.

"조지, 내 말 들리나? 팀원들을 데리고 나와."

화면에는 혼란스러운 움직임과 더 많은 색채만 번득였다. 누군가 다쳤나? 누군가가 해치로 천천히 나오고 있었다.

"안이 어떻게 돌아가는 건가, 조지? 왜 헬멧을 열었나?"

애런은 선외활동 팀장이 복도로 나오는 모습을 의심스럽게 바라보았다. 조지 브록숄더는 안면판을 열고 도끼 모양의 구릿빛 얼굴을 내보이고 있었다. 도대체 이게 무슨 일이지? 외계 생물에게 사로잡힌 건가? 조지는 팔을 올리고 괜찮다는 신호를 보냈다. 우주복끼리의 통신 주파수는 여전히 먹통이었다. 조지 뒤에서 다른 사람들도 이상한 빛을 등지고 나오고 있었다. 덕분에 복도 전체에 복숭앗빛 광채가 퍼졌다. 그들도 모두 안면판을 열었다. 무슨 일이 있었는지는 몰라도 다들 멀쩡해 보이기는 했다.

화면에 모듈 포트가 보였다. 애런이 알아볼 수

있는 것은 따듯한 색의 빛이 퍼져나오는 커다란 사각형뿐이었다. 그 빛은 마치 조명쇼처럼 움직이는 것 같았다. 장밋빛, 라일락빛, 노란빛의 구체들, 정말로 아름다웠다. 최면에 걸리는 느낌이었다. 그는 헬멧을 밀폐하라고 명령하는 옐라스톤 선장의 목소리를 들으면서 저 포트를 닫아야 한다고 생각했다. 애런은 애써 포트에서 눈을 돌리고, 선장이 여전히 뻣뻣하게 팔을 든 채 자리를 지키고 있음을 확인했다. 팀 브론은 자리를 떠난 모양이었다. 괜찮다. 아무 일도 일어나지 않았다. 괜찮다.

"내가 감압하기 전에 우주복을 밀폐해!"

선외활동 팀장은 천천히 안면판을 내렸고, 다른 사람들도 그렇게 했다. 다들 움직임이 건성이고 다른 데 정신이 팔린 듯했다. 한 명은 생체검사 장비에 걸려서 비틀거렸다. 왜 장비를 집지 않지? 무엇인가 잘못됐다. 애런은 얼굴을 찌푸렸다. 뇌에 가스가 찬 느낌이었다. 왜 다들 프로그램을 실행하고 생체발광에 대해 조처를 하지 않는 걸까? 그렇지만 옐라스톤 선장이 있으니 괜찮을 것이다. 선장이 지켜보고 있으니….

바로 그 순간 애런은 확 떠밀렸다. 그는 눈을 껌

벅이며 균형을 되찾고 주위를 둘러보았다. 맙소사. 그는 엉뚱한 곳에 있었다. 모두가 엉뚱한 곳에 있었다. 복도 전체가 원래 있어야 할 자리보다 앞으로 가서 신비로운 빛을 응시하는 사람들로 꽉 찼다. 경비원들은… 경비원들도 포트 옆에 없었다! 애런은 무엇인가가 완전히 잘못되었음을 깨달았다. 저 빛 때문이다. 저 빛이 우리에게 무슨 짓인가 하고 있다! 그는 포트를 닫아야 한다고 생각하면서 원래 위치로 돌아가려고 애썼다. 물속에서 움직이는 기분이었다. 비상 스위치는… 비상 스위치에 손을 뻗어야 하는데, 어쩌다가 그렇게 멀리까지 갔을까? 그리고 포트들은, 밀폐문 비트렉스에 얼굴들이 가득했다. 사람들이 진입로 비탈에 서서 복도 안을 들여다보고 있었다. 배 전체에서 온 사람들이었다. 뭐가 잘못됐지? 우리에게 무슨 일이 일어나는 거야?

뱃속에서 차가운 공포가 부풀어 올랐다. 그는 선외활동용 밀폐문을 붙잡고 매달려서 보이지 않는 느린 조류와 싸웠다. 그의 일부는 헬멧을 벗고 입구에서 퍼져나오는 빛을 향해 달려가고 싶어 했다. 앞에 있는 사람들이 우주복 안면판을 열고 있었다. 잰잉의 날카로운 코를 볼 수 있었다.

"그 문에서 물러서!" 옐라스톤 선장이 외쳤다. 그 말에 잰잉이 사람들을 밀어내고 앞으로 달려들었다. "그만둬!" 애런은 쓸모없는 마이크에 대고 고함을 지르다가 저도 모르게 안면판을 열고 잰잉을 따라 달려가려는 스스로를 깨달았다. 목소리와 다른 소리들이 귀를 가득 채웠다. 그는 다른 지지대를 붙잡고 억지로 고개를 들어 옐라스톤 선장을 찾았다. 선장은 아직 그 자리에 있었다. 팀 브론과 느릿느릿 싸우고 있는 것 같았다. 이제 빛은 사라졌다. 화물 포트를 에워싼 사람들의 몸에 가려졌다. 애런은 저 안에 있는 물건이 이런 짓을 하고 있다고 혼잣말을 했다. 그는 이상하게 비현실적인 두려움에 사로잡혔고, 머릿속이 탁하게 울렸다. 그러면서도 앞서간 사람들에게 화가 났다. 저것들이 들어가서 빛을 막고 있잖아. 놓쳤어! 하지만 놓쳐버린 게 그 사람들일까, 아니면 그 황홀한 빛일까?

누군가가 정면으로 그를 들이받고 팔을 끌어당겼다. 내려다보니 로리가 얼굴을 빛내고 있었다. 헬멧은 쓰지 않았다.

"얼른, 오빠! 같이 가!"

원초적인 혐오감으로 머릿속이 차가워졌다. 그는 로리의 우주복을 붙잡고 다른 팔로 콘솔에 몸을 고정했다. 로리! 로리가 저것과 동맹이었다. 이게 로리의 미치광이 같은 계획이었다. 그가 막아야 했다. 저걸 죽여야 해! 비상 소독 스위치가 어디 있지? 너무 멀다. 너무 멀어….

“선장님!” 애런은 로리와 싸우면서 온 힘을 다해 외쳤다. 2분이면 나갈 수 있었다. “감압하세요! 공기를 빼요!”

“안 돼, 오빠! 아름다운 거야! 겁내지 마!”

“공기를 빼서 죽여요!” 애런은 다시 외쳤지만, 그 목소리는 혼란 때문에 전해지지 않았다. 로리가 그의 팔을 잡아당겼다. 로리의 기쁜 얼굴을 보자 두려움이 치솟았다. “뭐지?” 애런은 로리의 허리띠를 잡고 흔들었다. “뭘 하려는 거야?”

“때가 됐어, 오빠! 때가 됐어, 어서… 사람이 너무 많아….”

애런은 로리를 더 잘 잡으려다가 뒤에서 금속이 부딪치는 소리를 듣고서야 뒤늦게 자신이 콘솔을 놓아버렸음을 깨달았다. 하지만 로리의 말이 이제 이해가 갔다. 사람이 너무 많았다. 다 써버리기 전에 그곳에 가야 했다. 정말 중요한 일이었다. 왜 그들이 저 빛을 가리게 놓아둔단 말인가? 로리가 그의 손을 잡고, 앞에 몰려 있는 사람들을 향해 끌고 갔다.

"알게 될 거야. 다 사라질 거야. 고통 말이야…, 사랑하는 애런. 우린 함께 있게 될 거야."

그 아름다움이 애런의 영혼에 쏟아져 들어오면서 모든 두려움을 씻어냈다. 저 몸뚱이들 너머까지만 가면 인간이 열망하는 목표, 영원의 샘, 어쩌면 성배 그 자체인 살아 있는 광채가 있다! 애런은 벽 근처에 생긴 공간을 보고 로리를 끌고 갔다. 갑자기 옆에서 더 많은 몸뚱어리가 그들을 짓눌렀다. 포트에서 사람들의 벽이 쏟아져 나왔다. 애런은 로리를 붙잡고 버티려고 애쓰면서 자신이 익숙한 얼굴들과 씨름하고 있다는 사실을 희미하게 인식했다. 알스트롬이 옆에서 오르가슴에 이른 듯한 미소를 짓고 있었다. 애런은 가와바타를 밀어내고 다른 누군가의 팔 아래로 몸을 숙이고 지나갔다. 그런데 강한 힘이 그들의 등을 때렸다. 그는 뒤엉킨 전선 속으로 밀려들어 갔다가, 아직도 로리의 손목을 잡은 채 외계 생물 분석기 밑에 넘어졌다.

"애런, 애런, 어서!"

다리 두 개가 옆으로 지나갔다. 애런을 때린 사람은 부스타멘테였다. 부스타멘테가 지나가고 나자 무수한 다리가 뒤를 따랐다. 다들 저 문 안에서 빛나는 영광을 요구하려고 여기까지 온 것이다! 분개한 애런은 일어나려고 발버둥 치다가 케이블 선으로 이루어진 거미집에 다리가 얽혀서 다시 넘어졌다.

"애런, 일어나!" 로리가 맹렬하게 애런을 잡아당겼다. 하지만 그는 갑자기 차분해졌다. 전선에 걸린 다리를 빼내려는 노력을 멈추지는 않았지만, 정신이 맑아졌다. 머리 옆에 달린 작은 화면으로 드잡이질을 하고 있는 작은 그림자가 둘 보였다. 엘라스톤 선장과 팀 브론이었다. 둘 다 헬멧을 벗고 있었다. 꿈처럼, 작은… 팀이 도망쳤다. 엘라스톤 선장은 고개를 한 번 끄덕이더니 뒤에서 두 주먹을 날려 팀을 쓰러뜨렸다. 그러더니 쓰러진 팀을 천천히 타고 넘어서 화면 바깥으로 나갔다. 분홍색 빛이 확 타올랐다.

애런은 비통한 마음으로 모두가 안에 들어와 버렸음을 확인했다. 그게 우리를 불렀고 우린 부름에 따라왔어… 나도 가야 해. 하지만 그는 얼굴을 찌푸리고, 눈을 껌벅였다. 그의 마음 일부는 자신을 끌어당기는 힘, 그 달콤한 갈망에 대해 의심을 품었다. 이 밑에 쓰러져 있으니 인력이 약해진 느낌이었다. 어쩌면 쌓인 물건들이 보호해주는지도 몰랐다. 그는 혼란스러운 정신으로 생각했다. 로리는 그의 다리에 엉킨 케이블을 잡아당기고 있었다. 그는 로리를 끌어당겼다.

"로리, 그들에게 무슨 일이 일어났지? 그들…." 중국인 정찰대장의 이름이 기억나지 않았다. "너, 너희 승무원들에게 무슨 일이 일어났어?"

"변했어." 로리는 숨을 헐떡이고 있었다. 로리의 얼굴은 믿을 수 없을 만큼 아름다웠다. "녹아들었어. 치유됐어. 완전해졌어. 아, 오빠도 알게 될 거야, 서둘러… 못 느끼겠어, 애린?"

"그렇지만…." 그래, 그것이 끌어당기는 힘을, 다급한 약속을 느낄 수 있지만 또 다른 것도 느껴졌다. 애런 케이 박사의 유령이 머릿속에서 희미하게 비명을 질러대며 그를 위협하고 있었다. 로리는 그를 통째로 들어 올리려 했다. 그는 피난처에서 끌려 나가기가 두려워서 저항했다. 이제 주위 복도는 텅 비었지만, 멀리서 사람들 소리를 들을 수 있었다. 해치 옆에서 웅얼거리는 소리가 요란했다. 비명 소리는 없었다. 공황 상태가 아니었다. 그는 로리를 무시하고 목을 길게 빼 천장에 달린 큰 화면을 봤다. 모두가 목적 없이 몰려서 있었다. 그렇게 많은 사람이 그렇게 가까이 붙어선 모습은 본 적이 없었다. 응급 사태다. 난 의사다.

애런은 환각처럼 조종간으로 가서 화물칸 해치를 봉쇄하고, 모여든 사람들에게 굳건히 대항하여 그들을 외계 생물로부터 구하는 '애런 케이 박사'를 보았다. 그러나 그럴 수가 없었다. 애런 케이 박사도 그곳으로 가서 그 아름답고 따뜻한 빛에 몸을 던지고 싶은 저항하기 힘든 욕망에 대한 두려움으로 얼어붙어 있을 뿐이었다. 나중에 스스로를 몹시 부끄러워하게 되리라. 사이렌의 부름에 저항한 율리시스처럼 여기 묶여서, 분석기 밑에 몸을 숨긴 채로 다른 사람들이 당하는 모습을 보기만 하다니…. 그런데 무슨 일을 당하지? 그는 다시 화면을 살폈다. 아무도 쓰러지지 않았고, 아무 말썽도 보이지 않았다. 선외활동 팀은 다 무사히 나왔지. 난 여기에서 나가야 해.

로리가 웃으면서 그의 다리를 잡아당겼다. 엉킨 줄이 다 풀어졌다. 애런의 몸이 미끄러지고 있었다. 그는 힘겹게 우주복 안에 손을 넣어 공황 상태용 주사기를 찾았다.

"사랑하는 애런…." 로리의 가느다란 목이 드러나 있었다. 그는 로리의 머리카락을 잡고 주사기를 꽂았다. 로리는 미친 사람처럼 울부짖으며 발버둥을 쳤지만 그는 꼭 붙잡고 주사액이 듣기를 기다렸다. 머리가 맑아지는 기분이었다. 빼근한 인력이 약해졌다. 어쩌면 모두가 몰려간 덕분에 효과가 약해졌는지도 몰랐다. 그렇게 생각하니 마음이 아팠다. 그는 그 아픔을 무시하려 노력하면서 생각했다. 내가 복도를 다 지나갈 수 있다면, 진입로까지 갈 수만 있다면 이곳을 봉쇄할 수 있을 거야. 어쩌면.

갑자기 왼쪽에 움직임이 보였다. 한 쌍의 다리가 천천히 애런의 피난처 옆을 지나쳐갔다. 그는 그 백금색 다리를 알아보았다.

"솔란지! 솔란지, 멈춰!"

다리가 잠깐 움직임을 멈추고, 작은 손 하나가 애런 옆에 뒤집힌 탁자를 건드렸다. 손만 뻗으면

닿을 거리였다. 튀어 일어나서 로리를 놓으면 솔란지를 잡을 수 있다…. 솔란지를 잡으려면 로리를 놓아주어야 한다. 그는 달려들다가 로리가 떨어져 나가는 것을 느끼고 다시 붙잡았다. 손이 미치지 않았다. 솔란지의 손은 사라졌다.

"솔란지! 솔란지! 돌아와!" 솔란지의 발걸음은 복도를 따라 멀어져갔다. 애런 케이 박사는 부끄러워하게 될 것이다. 스스로를 부끄러워하게 될 것이다. "선외활동 팀은 괜찮았어." 그는 중얼거렸다. 로리는 이제 힘이 빠졌다. 눈이 흐려졌다. "아니야, 애런." 로리는 한숨을 쉬고, 다시 깊은 한숨을 내쉬었다. 애런은 로리의 몸을 굴려 우주복 허리띠를 제대로 잡고 복도를 따라 끌고 갔다.

머리가 피난처를 빠져나오자마자 달콤한 인력이 애런을 다시 사로잡았다. 저기, 저 아래에 목적지가 있었다! "나는 의사야." 그는 팔다리에 의지력을 행사하며 끙끙거렸다. 손 아래에 굵은 케이블선이 하나 있었다. 멀리서도 알아볼 수 있었다. 선내 차단문을 향해 이어지는 외계 생물학 팀의 컴퓨터 선이었다. 그 선을 따라갈 수 있다면 진입로에 도착할 것이다.

그는 케이블을 잡고, 로리를 끌고 무릎을 끌며 이동하기 시작했다. 복도 끝에 있는 외계 생물은 그의 영혼의 원자 하나하나를 끌어당기고 있었다. 머릿속이 그 멍청한 케이블을 놓고 뛰어가서 동료들에게 합류하라는 다급한 광채의 부름으로 가득했다. “나는 의사야.” 그는 중얼거렸다. 젖 먹던 힘까지 들여서 장갑 낀 손으로 생명줄을 따라갔다. 그는 꿈을 넘어서는 축복으로부터 등을 돌리고 있었다. 이제 몇 미터만 가면 된다. 아니, 불가능하다. 왜 거부하고 있지? 왜 엉뚱한 방향으로 가고 있지? 방향을 돌려야지. 그러나 무엇인가가 변했다…. 그는 마침내 차단문에 도착했다. 케이블을 놓고 로리를 끌고 문지방을 넘어야 했다.

애런은 흐느끼면서 그렇게 했다. 발꿈치로 무거운 포트를 건드려서 두 사람 뒤로 닫기가 못 견디게 힘들었다.

문이 닫히자 갈망이 현저히 줄어들었다. 그는 멍하니 생각했다. 금속이야. 금속이 조금이나마 막아줬어. 어쩌면 일종의 전자기장인지도 몰라. 그는 눈을 들었다. 누군가가 차단문 옆에 서 있었다.

“타이그! 여기에서 뭘 하는 건가?” 애런은 로리

를 발치에 둔 채 몸을 똑바로 세웠다. 타이그는 불안한 얼굴로 두 사람을 볼 뿐, 아무 말도 하지 않았다.

"정찰선 안에 뭐가 있지, 타이그? 그 외계 생물, 봤나? 그게 뭐지?"

타이그의 얼굴이 흔들리다가 구겨졌다. "어… 어…." 입매가 뒤틀렸다. "어머니."

도움이 되지 않았다. 애런은 자기 손이 포트를 열고 있음을 늦기 전에 알아차렸다. 그는 로리를 안고 진입로를 더 올라가서 비상용 인터콤으로 향했다. 로리는 여전히 눈을 뜬 채 우주복 잠금장치를 힘없이 만지작거리고 있었다.

애런은 송신기를 꺼냈다. 우주선 전체용이었다.

"돈! 퍼셀 대장, 내 말 들려요? 케이 박사예요. 지금 6번 진입로에 있는데, 여기 문제가 있었습니다."

대답이 없었다. 애런은 다시 불렀다. 코비를 부르고, 통신실을 부르고, 보안 당번을 부르고, 생각할 수 있는 모든 사람을 불렀다. 쉰 목소리가 나왔다. 대답은 없었다. 켄타우로스 호의 대원 전원이 감마 1 복도로 가버렸던 말인가. 배 전체가 저기에 있단 말인가?

타이그만 빼고. 애런은 망가진 타이그를 보고

얼굴을 찌푸렸다. 타이그는 여기에 있으면서도 군중들에게 합류하지 않았다.

"타이그, 자네도 저기 갔었나?"

타이그는 입을 움직여서 아니라는 듯한 소리를 냈다. 타이그는 포트에 관심이 없어 보였다. 무엇 때문에 저 물건 가까이에서도 제정신을 유지하는 거지? 대뇌 피질 억제제? 아니면 한 번의 접촉으로 면역이 생겼나? 약물을 준비할 수 있을까, 내 전두엽을 절제해도 제 기능을 할 수 있을까? 애런은 생각하다 말고 자신이 어느새 그쪽으로 걸어갔으며, 로리는 우주복을 반쯤 벗은 채 그쪽으로 기어가고 있음을 알아차렸다. 그는 로리를 우주복에서 꺼내고 같이 진입로 위로 되돌아갔다.

고개를 들어보니 포트 창에 그림자가 비쳤다. 애런은 공포에 질려 한순간 외계인이 그를 쫓아왔다고 생각했다. 그러다가 정신을 차려보니 사람 손이 천천히 문을 두드리고 있었다. 누군가가 들어오려고 했다. 하지만 애런은 도저히 그리로 내려갈 수가 없었다.

"타이그! 문을 열고 그 사람을 들여보내." 애런은 타이그에게 무턱대고 손짓을 했다. "저 문 말이야, 보라고! 기억을 해봐, 타이그. 스위치를 때려. 열라고!”

타이그는 머뭇거리며 제자리를 돌았다. 그러다가 오래된 반사신경이 작동했는지 완벽한 근육 조정 능력을 발휘하여 양손으로 스위치를 때린 후, 바로 다시 축 늘어졌다. 포트가 열렸다. 그곳에 선 사람은 옐라스톤 선장이었다. 선장은 조심스럽게 문을 통과했다.

“선장님, 선장님, 괜찮으십니까?” 애런이 달려가려다가 자제했다. “타이그, 문을 닫아.”

옐라스톤 선장은 똑바로 앞만 보며 뻣뻣하게 애런을 향해 걸어왔다. 얼굴이 조금 창백하지만, 눈에 띄는 상처는 없었다. 무슨 일이 있었는지는 몰라도 선장은 무사했다. 괜찮다.

“선장님, 제가….” 그러나 포트로 사람들이 더 들어왔다. 팀 브론과 코비가 타이그를 지나쳐 들어왔다. 그 너머에 다른 사람도 있었다. 애런은 조수를 보고 그렇게 기뻤던 적이 없었다. 그는 코비에게 소리를 지르고 옐라스톤 선장을 따라잡으려고 몸을 돌렸다.

“선장님….” 복도를 봉쇄하고 모두를 검사하자

고 말할 생각이지만, 옐라스톤 선장은 주위를 돌아보지 않았다.

"적색이야." 옐라스톤 선장은 아득하고 희미한 목소리로 말했다. "적색이… 옳은… 신호야." 선장은 선교를 향해 걸어갔다.

애런은 쇼크 상태구나 생각하다가 앞쪽 벽을 따라 움직이는 사람을 봤다. 로리가 일어나서 비틀비틀 멀어져가고 있었다. 하지만 감마 복도를 향해 가는 게 아니었다. 진입로 위 우주선 안으로 가고 있었다. 로리가 가야 할 곳은 진료실이었다. 애런은 약물 때문에 로리의 속도가 느려지리라 자신하며 그 뒤를 따라갔다. 그러나 우주복 때문에 움직임이 불편했다. 활동력을 중요하게 여기지 않고 살아온 탓이었다. 로리는 계속 따라잡히지 않고, 중력이 약해질수록 속도를 붙이며 구부러진 터널을 올라갔다. 애런은 그 뒤를 좇아 달리다가 공동침실층을 지나고, 창고들을 지나쳤다. 이제는 몸이 반쯤 떠 있었다. 로리가 중앙 자유낙하 통로에 몸을 던졌다. 그러나 똑바로 떨어지는 게 아니었다. 로리는 왼쪽으로 몸을 비틀어 선교로 향했다.

애런은 속으로 욕을 하며 로리를 따라갔다. 발

이 유도장치를 놓치는 바람에 튀어 날아가면서 속도를 다시 붙이기가 어려웠다. 로리는 물고기처럼 앞서 헤엄쳤다. 번개 같은 속도였다. 로리는 지휘부 후문을 통과하여 멈춰 섰다. 젠장, 로리가 애런이 들어가지 못하도록 입구를 닫았다.

애런이 겨우 입구를 열고 통과해보니, 중앙통로는 비어 있었다. 애런은 발을 차서 우주항행 돔으로 들어갔다. 아무도 없었다. 그는 자유낙하 구역을 벗어나서 컴퓨터실 복도로 돌아갔다. 여기에도 아무도 없었다. 알스트롬의 반짝이는 애완동물 컴퓨터들은 팽개쳐져 있었다. 한 번도 없었던 일이었다. 마치 유령선 같았다. 어느 부서나 비어 있었다. 물리학 팀의 디스플레이 화면은 아무도 지켜보지 않는 앞에서 계산을 돌리고 있었다.

어떤 소리가 정적을 깨뜨렸다. 선미 쪽 방에서 나오는 소리였다. 아, 이런, 부스타멘테의 통신실이다! 안쪽 문을 찾지 못한 애런은 다시 복도로 돌아갔다가 뒤뚱뒤뚱 선미 쪽으로 달려갔다. 소리가 점점 커져서 쇳소리가 되자 두려움으로 뱃속이 꿈틀거렸다.

통신실이 열려 있었다. 두려움에 찬 애런은 달

려들어 가서 안을 살폈다. 로리가 성스러운 자이로실 안에 서 있었다. 쇳소리는 열린 자이로 틀에서 나오고 있었다. 로리의 팔이 움직여서 헤드셋과 책과 렌치를 공중에 뜬 바퀴 속에 줄줄이 던져넣었다.

"그만둬!" 애런은 로리에게 달려들지만, 쇳소리는 그사이 무시무시하게 심해졌다. 단말마의 비명. 10년 동안 지구와 그들을 이어주는 생명줄로 아무 문제 없이 회전하던 거대하고 순수한 자이로가 치명적인 고통을 겪고 있었다. 바퀴들이 덜그렁 덜그렁 부딪치더니 무섭게 충돌했다. 축 하나가 애런 옆으로 날아가서 벽에 박혔다. 로리가, 그의 미친 누이가 자이로를 죽였다.

애런은 로리를 잡은 채 멍하니 서 있었다. 더 이상의 피해를 받아들일 능력이 없었다. 주 레이저 크리스털도 부서졌다. 무엇인가로 얻어맞은 모양이었다. 이제는 아무래도 좋았다. 애런은 멍하니 생각했다. 방향을 잡아줄 자이로가 없는 레이저 빔은 별들 사이로 아무렇게나 휘두르는 멍청이의 손가락에 불과했다.

"우리, 우리 함께 가는 거야, 애런." 이제야 힘이 빠진 로리가 그에게 매달렸다. "그들은, 그들은 이제 우리를 막지 못해."

애런은 멍한 상태에서 깨어나 울부짖으면서 로리의 목을 잡고 흔들었다. 목을 조르면서… 그러다가 뒤에서 들려오는 목소리에 흠칫 놀라서 동작을 멈췄다. "부스타멘테." 애런은 몸을 휙 돌렸다. 옐라스톤 선장이었다.

"지금… 적색 신호를… 보내야겠어."

"보낼 수가 없습니다!" 애런은 화가 나서 외쳤다. "못 보내요. 망가졌다고요! 로리가 망가뜨렸어요!" 어린아이 같은 분노가 애런을 덮쳤다가, 선장의 아무것도 이해하지 못하는 아득한 얼굴을 보자 썰물처럼 빠져나갔다.

"자네가… 적색 신호를 보내." 그래, 선장은 쇼크 상태였다.

"선장님, 신호를 보낼 수가 없어요. 당장은 아무것도 보낼 수 없다고요." 애런은 로리를 놓아주고 옐라스톤 선장의 팔을 잡았다. 선장은 그를 내려다보고 얼굴을 찌푸리며 입술을 오므리더니, 순순히 애런이 원하는 대로 몸을 돌려 선장실로 향했다. 전혀 합리적이지 못한 반응이지만 애런은 고마웠다. 선장이 보지 못했다면 어떤 범죄 행위도 현실이 아니었다. 애런은 선장의 장갑을 벗기고 맥박을 확인했다. 60 정도. 느리지만 부정맥은 아니었다.

"기술적인 능력…." 옐라스톤 선장이 방 안에 대고 중얼거렸다. "효율적이라면… 아침에 깨어날 거야."

"잠시 누우세요, 선장님." 애런은 문을 닫다가 뒤에서 헤매고 있는 로리를 보았다. 그는 로리의 팔을 잡고, 감마 1 복도로 돌아가고 싶은 희미한 충동을 억누르면서 다시 진료실로 향했다. 진료실까지만 갈 수 있다면 제정신을 차리고 어떻게 할지 결정할 수 있었다. 무엇이 켄타우로스 호를 공격한 걸까. 그 외계 생물이 무슨 짓을 한 걸까? 전기뱀장어처럼 전파를 내뿜은 걸까? 심장만 괜찮다면 아드레날린 자극 주사를 시도해보는 편이 좋겠다. 그 압도적인 유혹… 심지어 배 반대편인 이곳 베타 복도에서조차도 느낄 수 있었다. 페로몬 같기도 했다. 저 외계 생물은 고착형이었다. 어쩌면 먹이를 유혹해서 먹고사는지도 모른다. 우연히 그게 인간에게도 통한 것이다. 중력 같은 자장을 뿜는지도 모른다. 아니면 말도 안 되게 가느다란 입자가 퍼지거나…. 우주복으로도 완전히 막을 수 없었다.

그는 온순해진 로리를 끌고 가면서 우선 그 식물을 밀폐하는 게 먼저라고 생각했다. 그들은 돈의 정찰선 정박지를 지났다. 하지만 비스트 호는 그 자리에 없었다. 지금쯤 얼마나 먼 곳에서 지구로 전언을 보내고 있을지 아무도 몰랐다.

누군가가 있었다. 돈 퍼셀이 진입로 옆에 서서 갑판을 가만히 바라보고 있었다. 애런은 로리를 끌고 걸음을 빨리했다. "돈! 퍼셀 대장, 괜찮아요?"

돈이 고개를 돌렸다. 웃고 있었다. 웃음 때문에 눈가에도 주름이 잡혔다. 그러나 애런은 돈의 양쪽 홍채가 서로 다르게 팽창되어 있음을 알아보았다. 쇼크가 얼마나 심했기에? 그는 저항 없는 돈의 손목을 잡았다.

"나 알아볼 수 있어요, 돈? 애런이에요. 의사요. 쇼크 상태니까 돌아다니지 말아요." 엘라스톤 선장과 마찬가지로 맥박이 느렸다. 애런이 잡아낼 수 있는 이상은 없었다. "나랑 같이 진료실까지 가요."

돈의 강인한 몸은 움직이지 않았다. 애런은 돈을 잡아당기다가 혼자 힘으로는 어떻게 할 수 없음을 깨달았다. 주사기가 필요했다.

"이건 의사 명령이에요, 돈. 치료를 받으러 가요."

멍하니 미소 짓는 얼굴이 천천히 그에게 초점을 맞추더니 어리둥절해했다.

돈은 예배할 때 쓰는 목소리로 말했다. "그 힘. 전능하신 그분의 손이…."

"봤지, 애런?" 로리가 돈에게 손을 뻗어 토닥이며 말했다. "돈은 변했어. 부드러워졌어." 로리는 기쁨에 떨며 미소 지었다.

애런은 사람들이 입은 타격이 어느 정도 심각할지 생각하며 로리를 이끌고 움직였다. 켄타우로스 호는 며칠 동안 자동으로 움직일 수 있으니 그 부분은 문제가 아니었다. 더 무서운 상처는 생각하지 않을 것이다. 살해당한 자이로에 대해서는 말이다. 부스타멘테가… 부스타멘테가 어떻게 할 수 있을 것이다. 하지만 사람들이 쇼크 상태에서 벗어나는 데 얼마나 걸릴까? 얼마나 많은 사람이 타격을 입었으며, 애런 말고 또 누가 제정신일까? 설마 영구적인 타격일 수도 있을까? 그는 스스로에게 단호하게 대답했다. 불가능해. 그 정도로 심각한 쇼크라면 가엾은 타이그도 끝장이 났겠지. 그럴 리가 없어.

애런이 진료실 쪽으로 방향을 틀자 갑자기 로리가 그를 잡아당겼다.

"아니야, 애런. 이쪽이야!"

"우린 진료실로 갈 거야, 로리. 난 할 일이 있어."

"아, 안 돼, 애런. 이해 못 하겠어? 우린 지금, 함께 가는 거야." 로리의 목소리는 애처롭고, 발음이 분명치 않았다. 의사로서 받은 훈련이 깨어났다. 포이가 원하던 대로 자백제를 먹인 셈이었다. 지금이라면 그 문제에 대해 대답을 얻을 수 있었다.

"잠시만 이야기하고 가자. 그 사람들에게 무슨 일이 일어났지? 그 행성에서, 메이린과 다른 사람들에게 말이야."

"메이린?" 로리는 얼굴을 찌푸렸다.

"그래, 그 사람들이 무슨 짓을 하는지 봤어? 이젠 나한테 말해도 돼, 로리. 그 사람들이 나가는 걸 봤어?"

"아, 응…." 로리는 어렴풋이 웃었다. "봤어. 그들은 날 정찰선에 남겨뒀어, 애런. 그들은, 그들은 날 원하지 않았어." 로리의 입술이 떨렸다.

"그들이 어떻게 했지, 로리?"

"음, 걸었어. '작은' 구 씨가 비디오를 들고 있어서 나도 그들이 어디로 가는지 볼 수 있었어. 언덕을 올라서, 그 아름다움을 향해서… 몇 시간, 몇 시간이고 몇 시간이고. 그러다가 메이린과 리우가 앞으로 나섰어. 두 사람이 달리는 모습을 볼 수 있었어. 아, 애런, 나도 달리고 싶었어. 그 사람들이 어떻게 보였는지 상상도 못 할 거야…."

"그러다가 어떻게 됐지, 로리?"

"다들 헬멧을 벗더니 카메라가 떨어졌어. 다들 달리고 있었나 봐. 난 그 사람들의 발을 볼 수 있었어…. 마치 햇빛을 받아 반짝이는 보석의 산 같았어…." 로리의 얼굴에 눈물이 흘러내렸다. 로리는 어린아이처럼 주먹으로 눈물을 훔쳐냈다.

"그다음에는 뭘 봤지? 그 보석 같은 물건이 그 사람들에게 무슨 짓을 했지?"

"아무 짓도 하지 않았어." 로리는 코를 훌쩍이며 미소 지었다. "그저 마음으로 건드렸을 뿐이야. 애런, 오빠도 알게 될 거야. 제발… 이제 가사."

"곧 갈게, 로리. 말해봐. 그 사람들이 싸웠니?"

"아니!" 로리는 눈을 동그랗게 떴다. "아니야! 아, 싸움이 있었다는 건 그걸 보호하려고 지어낸 이야기였어. 그 사람들은 이제 아무도 해치지 않아, 절대로. 다들 너무나 부드럽고 행복해져서 돌아왔어. 다들 변해 있었어. 옛 모습은 다 버렸어. 그게 우리를 기다리고 있어, 애런. 모르겠어? 우리를 구원하고 싶어 해. 우리는 이제야 겨우 진짜 인간이 되는 거야." 로리가 한숨을 내쉬었다. "아, 나도 정말 가고 싶었어. 끔찍했지. 난 우주복을 입고서도 몸을 묶어야 했어. 그걸 오빠에게 가지고 돌아와야 했으니까. 그리고 가져왔어. 그랬지?"

"그걸 너 혼자서 정찰선까지 가져간 거니, 로리?"

로리는 꿈꾸는 듯한 눈으로 고개를 끄덕였다. "작은 걸 찾아내어 적재기로 떠냈지." 말과 얼굴의 부조화가 기묘했다.

"구 대장과 다른 팀원들은 내내 뭘 하고 있었는데? 널 막으려고 하지 않았어?"

"아니야. 지켜보기만 했어. 주위에 있었지. 제발 애런, 어서 가자."

"얼마나 오래 걸렸지?"

"음, 며칠은 걸렸어. 정말 힘들었어. 한 번에 조금씩밖에 일을 할 수 없었거든."

"그 사람들이 며칠 동안이나 회복하지 않았다는 거니? 테이프는 어떻게 된 거야. 네가 위조한 거 맞지?"

"내, 내가 조금 편집했어. 구 대장은… 흥미가

없었거든.” 로리의 눈이 회피하듯 움직였다. 통제력이 돌아오고 있었다. “애런, 겁먹지 마. 나쁜 일들은 이제 끝났어. 이게 좋은 일이라는 걸 못 느끼겠어?”

사실은 느낄 수 있었다. 그것이 행복을 약속하며 희미하게 잡아당기고 있었다. 애런은 소스라쳐서 몸을 떨며 저도 모르게 로리에게 이끌려 중앙통로까지 갔음을 깨달았다. 감마 1을 향해 가고 있었던 것이다. 그는 화가 나서 난간을 잡고 로리를 다시 진료실 쪽으로 끌고 갔다. 풀 속을 휘저으면서 걷는 기분이었다. 그의 몸은 그쪽으로 가고 싶어 하지 않았다.

“안 돼, 애런, 안 돼!” 로리가 흐느끼며 잡아당겼다. “가야 해. 내가 얼마나 힘들게 한 일인데….”

애런은 단호하게 자기 발에 집중했다. 이제 진료실 문이 앞에 보였다. 진료실 안 책상 앞에 앉은 코비를 보자 얼마나 마음이 놓이는지.

“엉뚱한 데로 가고 있잖아!” 로리가 울면서 거칠게 애런의 손에서 빠져나갔다. “오빠는… 아아….”

애런은 로리를 붙잡으려 했지만, 로리는 다시 도망쳤다. 신에게 저주받은 사슴처럼 달렸다. 애런은 스스로를 추슬렀다. 지금 로리를 따라갈 수는 없었다. 자신의 의무를 너무 오래 저버리고 있었다. 로리는 며칠이라고 했다. 소름 끼치는 일이었다. 그리고 다들 걸어 다니고 있었다. 뇌 손상… 아니, 그 생각은 하지 마.

애런은 진료실로 들어갔다. 코비가 그를 쳐다봤다.

"내 동생이 정신이상 증세를 보이고 있어. 우리의 통신 장비에 손상을 입혔어. 진정제는 쓸모가 없…." 그는 자신이 비합리적으로 행동하고 있다는 사실을 자각했다. 우선 중요한 의료 상황부터 다뤄야 했다.

"얼마나 많은 수가 그 물건에게 쇼크를 받았지, 코비?"

코비의 눈빛은 변함이 없었다. 그러더니 느릿느릿 말했다. "쇼크요. 아, 그래요. 쇼크." 코비의 입술이 비틀려 희미한 비웃음을 지었다. 아, 신이시여, 안 돼… 코비도 그 복도에 있었다.

"맙소사, 코비, 자네도 당했나? AD-12번을 한 방 놓아줄게. 자네에게 다른 생각이 없다면 말이지만."

코비의 눈이 그를 따라왔다. 어쩌면 그렇게 심각하게 영향을 받지는 않았을지도 모른다.

"포스트코이텀 트리스텀*." 코비의 목소리가 한없이 낮았다. "난 슬픔을 느껴요."

"코비, 그게 자네에게 무슨 짓을 했는지 말해줄 수 있나?"

말없이 서글픈 눈으로 그를 바라보기만 했다. 애런이 주사기 가방을 열자 코비가 또렷하게 말했다. "원숙한 코르푸스 루테움**을 보면 알아." 코비는 희미하고 추잡한 웃음소리를 냈다.

"뭐라고?" 코비의 소매를 팔꿈치까지 걷고 혈관에 주사를 놓으면서 애런의 머릿속에는 외설스러운 장면이 살아났다. "자네, 자네 그 물건과 육체관계 같은 걸 맺은 건 아니지, 코비?"

"…육…체…관계?" 코비가 속삭였다. "아니… 어쨌든 우리는 아니야. 누군가가… 육…체…관계를 했다면 신이겠지… 아니면 행성… 우리는 아니야… 그게 우릴 손에 넣었어."

코비의 맥박은 느리고, 피부는 차가웠다.

"무슨 소리야, 코비?"

얼굴에 경련이 일더니, 코비는 의식을 부여잡으

* 성교 후의 슬픔

** 황체

려고 애쓰면서 애런의 눈을 들여다보았다. "우리가 그걸 운반하고 있었다고… 우리 머릿속에 정액을 잔뜩 운반하고 있었다고 쳐봐… 그리고 그 정액이… 여왕 난자를… 여왕을 만나서는… 펄쩍 뛰어… 펄쩍 뛰어가. 성스러운 일이야…접합체… 저 밖에… 보여? 다만 우린… 텅 빈 채 남겨져… 결합하고 나면… 정자 꼬리는 어떻게 되지?"

"진정해, 코비." 애런은 듣지 않으려 했다. 정신 착란에 귀를 기울이지는 않겠다. 그의 밑에서 일하는 최고의 진단의가 헛소리를 하고 있었다.

코비는 또다시 허깨비 같은 웃음소리를 내고 속삭였다. "훌륭한 애런. 당신은 안…." 코비의 눈이 멍해졌다.

"코비, 정신을 차려봐. 거기 그대로 있어. 사람들이 쇼크에 빠져서 혼란스럽게 돌아다니고 있어. 나에겐 할 일이 있다고. 들리나? 여기 있어. 곧 돌아올 테니까."

배 안을 서둘러 달리며 사람들을 되살리는 자신의 모습이 떠올랐다. 아니, 그 복도를 봉쇄하는 것이 더 중요했다. 그는 흥분제용 피하주사기가 든 가방에 강심제와 해독제를 채워 넣었다. 한 시간이

늦었지만 애런 케이 박사는 직무에 돌입했다. 그는 두 사람을 위해 뜨거운 차를 뽑았다. 코비는 쳐다보지 않았다.

"마셔, 코비. 곧 돌아올게."

그는 감마 1 복도에서 끌어당기는 힘에 저항하여 저장고 쪽으로 향했다. 여기에서는 인력이 약했다. 꽤 수월하게 움직일 수 있었다. 저항기에 접어든 것일까? 문부터 잠가야 했다. 회복하는 데 얼마나 걸릴까? 그것부터 해결하는 편이 좋겠다. 그 물건이 다시 모두를 사로잡도록 놓아둘 수는 없었다.

미리암 스타인이 무섭도록 차분한 얼굴로 책상 앞에 앉아 있었다.

"나예요, 미리암. 당신은 쇼크를 받았어요. 이게 도움이 될 겁니다." 애런은 수동적인 미리암의 팔에 수사약을 투여하며 그 말이 사실이기를 빌었다. 미리암의 텅 빈 눈이 천천히 그를 돌아보았다. "난 선외활동용 밧줄을 가지고 나가요. 알겠어요? 여기에 영수증을 남겨둘게요, 미리암. 봐요. 기분이 나아질 때까지 여기에 있도록 해요."

밖으로 나간 애런은 인력에 몸을 맡기고 배를 가로지르기 시작했다. 기쁨이 마음을 사로잡았다.

기분 좋게 미끄러지는 기분, 머릿속이 성적으로 해방되는 기분이었다…. 내가 이성적으로 행동하고 있는 건가? 그는 겁에 질려서 스스로를 들여다보았다. 그랬다. 그는 몸을 돌릴 수 있었고, 첫 번째 진입로를 향해 나아갈 수 있었다. 그는 사람들이 그 복도로 들어가면서 열어둔 포트를 모두 닫을 계획이었다. 총 14개. 그런 후에는… 그런 후에는 선내 측에서 복도 공기를 방출할 수 있었다. 감압을 하면 그 물건도 당연히 죽겠지. 분별 있는 행동이었다. 아니, 그 정도까지 할 필요는 없나? 나중에 생각하기로 하자. 지금 당장은 무엇인가가 그를 괴롭히고 있었다.

선수로 들어가는 진입로에서도 머리는 아직 멀쩡했다. 그 물건의… 유혹은 약했다. 포트가 열려 있었다. 돈이 이쪽으로 들어갔나 보다. 애런은 밧줄을 묶지 않고 조심스럽게 내려가 봤다. 괜찮다. 그는 그 포트를 닫았다. 닫으면서 복도를 내려다보았다. 엉망진창이었다. 사람은 보이지 않지만 살아 있는 장밋빛 광채는… 심장이 쿵 뛰어올랐다. 다음 순간 포트가 그의 코앞에서 닫혔다.

아슬아슬했다. 다음 포트에서는 위험을 무릅쓰지 말아야겠다. 다음 포트는 그 초자연적인 빛에 더 가깝고, 옐라스톤 선장이 있었던 지휘 콘솔 뒤에 있을 것이다. 애런은 저도 모르게 걸음을 서두르다가 진입로로 들어가는 마지막 모퉁이에 멈춰 서서 밧줄 한쪽 끝을 벽에 달린 손잡이에 묶었다. 다른 쪽 끝은 허리에 묶었다. 그리고 빨리 풀어낼 수 없도록 복잡하게 매듭을 지었다.

그러기를 잘했다. 그는 어느새 복도에 발을 들여놓고 헬멧과 장갑과 케이블들에 발이 걸려 비틀거리고 있었다. 따뜻한 빛이 뿜어내는 엄청난 광채는 20미터쯤 앞에 있었다. 돌아가야 한다. 돌아가서 포트를 닫아야 한다. 그는 지휘부 콘솔 앞에 멈춰 서서 아직도 차이나플라워 호의 불타는 심장에 초점을 맞춘 화면을 올려다보았다. 보석 같았다. 그는 경외감을 느꼈다. 지켜보는 동안에도 눈부시게 반짝이면서 빛깔 바꾸는 부드럽게 빛나는 거대한 구체… 꺼져가는 깜부기불처럼 어두운 빛깔도 나타냈다. 죽어가는 걸까? 슬픔이 치솟는 바람에 그는 손을 들어 그 빛을 가리고 고개를 돌렸다. 저기에 그의 쓸모없는 화학제품 통들이 있다…. 그리고 복도는 대혼란이었다. 사람들이 우르르 움직인 여파로… 코비가 뭐라고 중얼거렸더라. 그래, 정자.

그들은 꼬리를 흔들며 여기를 통과해서….

"왔구나, 애런!"

로리가 불쑥 튀어나와서 그의 팔을 잡았다. "아, 사랑하는 애런. 기다렸어…."

"여기에서 나가, 로리!" 그러나 로리는 그의 허리를 붙잡고 매듭을 풀어내려 했다. 황홀경에 빠진 얼굴이었다. 그래, 머릿속에 든 정액이란 말이지. "어서 나가, 로리. 감압을 할 거야."

"우린 함께 있게 될 거야. 두려워하지 마."

애런은 화가 나서 로리를 뒤로 밀어냈다. "공기를 방출할 거야. 안 들려? 공기가 없어질 거라고!"

그는 로리를 진입로 위로 돌려보내려 했지만, 로리는 숨을 몰아쉬면서 몸을 비틀어 도망쳤다. "아, 애런, 제발 부탁이야. 나는…." 그리고 로리는 빛을 향해, 차이나플라워 호의 해치를 향해 달려갔다.

"이리 돌아와!" 애런은 뒤쫓아가다가 밧줄 때문에 멈춰야 했다.

로리는 바로 앞에서 흐릿한 불빛을 등지고 몸을 돌렸다. 주먹을 입가에 대고 흐느끼며 말했다. "나… 난 갈 거야… 혼자…."

"안 돼! 로리, 기다려!"

그의 손이 매듭을 뜯어내는 사이 로리는 가버렸다. 엉망이 된 복도를 가로질러 달아나버렸다.

"안 돼, 안 돼…."

따스한 빛이 로리를 감싸고, 로리는 그 빛 속으로 걸어 들어가서 사라졌다.

애런은 귀에 거슬리는 소리가 귀를 찢고 들어오자 정신을 차렸다. 그는 비틀거리면서 물러서다가 겨우 콘솔에 발진 경고가 번쩍이고 있음을 발견했다. 누군가가 차이나플라워 호 안에서 그 배를 움직이려 하고 있었다!

"그 안에 누구야? 그만둬!" 애런은 주파수를 마구 돌렸다. "정찰선 안에 있는 사람, 대답해!"

"잘 있어… 친구." 스피커에서 부스타멘테의 목소리가 울렸다.

"부스타멘테, 안에 있는 게 자네야? 나 애런이야, 부스타멘테. 나와. 자넨 지금 무슨 짓을 하고 있는지 모르고…."

"난 항로… 맞출 줄 알아. 개똥 같은… 세상 잘 지켜." 부스타멘테의 낮고 굵은 목소리에는 억양이 없었다. 기계적이었다.

"이리 나와! 부스타멘테, 우리에겐 자네가 필요

해. 제발 내 말 들어, 부스타멘테! 자이로가 망가졌어. 자이로가."

"…질기게."

무거운 금속성의 진동이 벽을 흔들었다.

"부스타멘테, 기다려! 내 동생이 그 안에 있어. 그 애가 죽을 거야! 해치를 열어놨잖아. 나도 죽을 거야. 제발, 부스타멘테. 그 애를 내보내줘. 내가 해치를 닫을게. 로리! 로리, 나와!"

애런은 절박하게 눈으로는 해치 제어기를 찾으면서 손으로는 매듭을 쥐어뜯었다.

"로리도 같이 가도 좋아." 죽음 같은 웃음소리. 잠깐이지만 그보다 더 가벼운 목소리도 들렸다. 부스타멘테의 여자들… 혹시 솔란지도 저 안에 있나? 매듭이 풀리고 있었다.

"나는… 그 행성에… 갈 거야."

"부스타멘테, 자넨 백만 킬로미터쯤 가서 정신이 들 거야! 기다려!" 애런은 밧줄을 풀면서 몸을 잡아당겼다. 가서 로리를 꺼내야 했다. 저 살아 있는 아름다움을, 저 약속을 구해야 한다….

다른 불빛이 번쩍이고, 벽이 덜덜 떨렸다. 정찰선, 로리! 애런의 두뇌가 희미하게 비명을 질렀다.

그는 밧줄을 풀어내고 로리의 그림자를 보았다. 분홍색 빛을 등진 푸르스름한 그림자가 비틀거리면서 기다리고 있었다. 그를 기다리고 있었다. 그는 마지막 남은 정신으로 레버를 때려 해치를 닫았다.

커다란 해치가 미끄러지면서 빛을 내뿜는 입구를 닫기 시작했다.

"안 돼, 기다려! 안 돼!" 애런은 아직도 밧줄을 움켜쥔 채로 달리기 시작했다. 평생의 갈망을 안고 그리로 달려갔다. 그러나 벽이 덜그럭거리면서 천둥 같은 쇳소리가 나더니 바람이 그를 때려눕혔다. 그는 반사적으로 밧줄을 잡으면서 로리를 보았다. 로리는 비틀거리면서 울부짖는 공기에 휩쓸려 미끄러지기 시작했다. 모든 것이 닫혀가는 해치를 향해 미끄러져 갔다. 정찰선 차이나플라워 호가 떠난다. 떨어져 나간다. 그 빛을 빼앗아 간다. 차이나플라워 호와 함께 그들 모두 우주선 밖으로 날려갈 것이다. 하지만 로리가 도착하기 전에 해치가 미끄러져 닫히고, 마지막 광채도 사라졌다.

바람이 멎고, 복도는 정적에 휩싸였다.

그는 그 자리에 밧줄을 쥐고 서 있었다. 모든 아름다움이 사라져 간다는 사실을 아는 어리석은 남

자. 삶 그 자체가 몸 아래 어둠 속으로 떨어져 갔다. 영원히 멀어져갔다. 그는 아픈 마음으로 속삭였다. 돌아와. 아, 제발 돌아와.

로리가 움직였다. 애런은 바보 같은 밧줄을 떨구고, 견딜 수 없는 상실감에 고개를 숙인 채 로리에게 다가갔다. 난 무엇을 구하고, 무엇을 잃은 걸까? 사라져간다. 점점 더 희미하게.

로리가 애런을 올려다보았다. 로리의 얼굴은 맑고 텅 비어 있었다. 어린 얼굴이었다. 로리의 머릿속에 든 것은 다 사라졌다…. 둔한 무게감이 그를 짓눌렀다. 켄타우로스 호가, 그가 한때 그토록 자랑스러워했던 훌륭한 우주선 전체가 언어를 잃고 어둠 속에 늘어져 있었다. 생명의 불꽃은 사라졌다. 차가운 황무지 속에서 목소리를 잃고, 찾을 수도 없이…. 애런은 이제 영원히 그렇게 되었음을 알았다. 다시는 아무것도 괜찮아지지 않을 것이다.

그는 부드럽게 로리를 일으켜 세워 아무 곳으로나 걸어가기 시작했다. 로리는 그의 손에 몸을 맡겼다. 오래전의 어린 여동생 그대로였다. 복도에서 멀어지면서 애런의 눈은 벽 근처에 누운 몸뚱이를 알아차렸다. 타이그였다.

4

…애런 케이 박사 기록 중. 유령들, 그러니까 새로운 존재들이 떠나기 시작한다. 이제는 깨어나 있을 때 그들을 보는 일도 익숙해진다. 어제… 가만, 그게 어제였나? 맞다. 팀은 여기에 하룻밤밖에 없었으니까. 내가 어제 팀을 데려왔지. 팀. 팀의 몸뚱이 말이다. 내가 본 것은 팀의 유령이었다…. 맙소사, 계속 유령이라고 부르고 있군. 그 새로운 존재들 말이다. 유령은 팀의 침대에 들어 있는 쪽이 유령이지. 어쨌든 나는 팀이 가는 모습을 보았다. 아직 베타 복도에 있었다. 그들이 한 장소에 붙어 있는 편이라는 말을 했던가? 내가 무슨 말을 했는지

잊어버렸다. 기록을 다시 검토해야 할지도 모르겠다. 시간은 있으니까. 물론 그들은 마지막까지도 투명한 편이다. 그들은 떠다닌다. 부분적으로는 배 바깥에 있는 것 같기도 하다. 투사체나 잔상 같아서 크기를 말하기는 어렵다. 지름이 6에서 8미터 정도로 큰 것 같기도 하지만, 아주 작을지도 모른다는 생각도 한두 번은 들었다. 그들은 살아 있다. 그건 알 수 있다. 반응을 하거나 의사소통을 하지는 않는다. 그들은… 이성이 없다. 전혀. 그들은 변하기도 한다. 색깔을 바꾸기도 한다. 내가 그 말을 했나? 그들이 정말로 눈에 보이는 존재인지 확실치 않다. 어쩌면 내 정신이 그들을 감지하고 멋대로 형태를 구축하는지도 모른다. 하지만 알아볼 수는 있다. 그러니까… 흔적을 볼 수 있다. 나는 그들 대부분이 누구인지 알아볼 수 있다. 팀은 7번 진입로 옆에 있었다. 부분적으로는 팀이었고 부분적으로는 다른 무엇이었다. 아주 이질적인 무엇. 그것은 부풀어 올라서 선체를 뚫고 흘러나가는 듯했다. 점점 가까워지면서 동시에 점점 멀어지는 것 같기도 했다. 내가 아는 한 첫 번째로 떠난 존재다. 아니… 타이그는 빼고 말이다. 그 일은 꿈으로 꾸었다. 그들은 흩어져서 없어지지 않는다. 진동을 했… 아니, 그것도 아니다. 그것은 부풀어 올라서 떠갔다. 떠났다.

다시 말해야겠는데, 그들은 유령이 아니다.

나는 그들이 무엇이라고 생각하는가 하면… 그러니까 내 주관적인 인상, 설명해볼 만한 가설은… 젠장, 이런 식으로 말할 필요도 없는데. 나는 그들이 모종의 에너지체라고 생각한다. 모종의….

나는 그들이 난할구*라고 생각한다.

코비가 그랬지. 성스러운 접합체라고. 나는 그들이 성스럽다고는 생각하지 않는다. 그들은 그저 그곳에서 성장하고 있을 뿐이다. 영혼이나 유령이나 더 높은 본질 따위가 아니고 사람도 아니다. 그들은 결합의 소산이다. 그들은 성장한다. 한동안 그 자리에 머물다가… 떠나버린다.

그들이 떠나는 순서를 기록해야 할지도 모르겠다. 그 순서가 그 사람의 상태와 관련이 있을지도 모른다. 과학적인 관심의 대상이다. 물론 이 사태 전체가 깊은 과학적 관심을 불러일으키기는 한다. 그런데 과학적인 관심을 가질 주체가 누구인가?

* 단세포인 수정란이 다세포가 되기 위하여 체세포 분열 과정을 겪고 있을 때를 가리킨다.

그게 문제다. 어쩌면 천 년쯤 후에 누군가가 우연히 이 배에 맞닥뜨릴지도 모르지. 안녕, 친구. 당신은 인간인가? 인간이라면 오래가진 못하겠군. 먼저 애런 케이 박사의 말에 귀를 기울여줘… 아, 이런, 잠깐만.

나는 깊은 과학적 관심사를 기록 중인 애런 케이 박사다. 어디까지 했더라? 상관없겠지. 팀, 그러니까 팀 브론 정찰대장이 오늘 죽었다. 팀 본인 말이다. 타이그를 빼면 실제로 죽은 사람은 처음이다. 아, 그리고 바치가 있었지. 바치에 대해 말하지 않았던가? 그렇지. 다른 사람들은 그럭저럭 기능을 하고 있다. 식물처럼이기는 하지만 말이다. 가끔은 직접 음식을 먹기도 한다. 식사 공급이 중단된 후부터는 내가 배급식을 들고 돌아다닌다. 우리는 거의 매일 배 안을 시찰한다. 달리 죽은 사람은 없다고 확신한다. 아직까지 공용실에서 카드놀이를 하는 사람들도 있다. 가끔은 한두 마디 말도 한다. 카드가 몇 장 떨어졌는데, 돈의 발치에는 스페이드 10이 며칠 동안 떨어져 있었다. 어제 그 사람들에게 물을 먹였다. 탈수증세가 심해서 걱정이다…. 가와바타가 제일 안 좋다. 가와바타는 흙 화단에서 자고 있다. 흙에서 흙으로… 그 친구도 곧 떠날지도 모르겠다. 나는 모든 것을 움직일 방법을 익혀야 한다. 계속 살아간다면 말이다.

…이제는 내가 결코 레이저를 고칠 수 없다는 사실을 안다. 맙소사, 부스타멘테의 도깨비집에서 일주일을 보냈다. 웃기는 건, 지구에서 우리에게 거대한 무지향성 구조 요청 송신기를 줬다는 사실이다. 그건 "와서 우리를 구해줘"라는 뜻이다. 하지만 "제발 오지 마!"라고 보내려면 어떻게 해야 하나? 프로그램 오류다. 어차피 송신 범위도 너무 짧지만… 우주선을 폭파할 수도 있다. 아마 할 수 있을 것이다. 그런데 그래서 무슨 소용인가? 그런다고 그들이 오는 것을 막을 수도 없는데. 그들은 그저 우리에게 사고가 일어났다고 생각할 테지. 우주 재난이란, 참 안된 일이지… 그래, 두고 보라고….

부스타멘테는 지금 어디에 있을까. 얼마나 오래 버텼을까? 부스타멘테의 그것은 물론 여기에 있다. 감마 1 복도에. 여자들도 마찬가지다. 솔란지의 것도 찾았는데, 아니, 아니다. 그 이야기는 하지 말자. 그들은, 그들의 몸뚱이는 부스타멘테와 함께 있었다. 그들은… 부스타멘테는 정말 강인한 나머지 그 일을 겪은 후에도 행동을 했다. 물론 소용은 없는 일이다. 죽은 사람을 구하는 죽은 사람. 내가 밤을 견뎌내게 도와줘… 그만.

…기능을 한다, 기능을 한다는 부분에 대해 논하고 있었지. 가장 멀쩡한 사람은 옐라스톤 선장이다. 물론 조금도 멀쩡하지는 않지만, 선장의 방에 가면 조금씩은 대화를 한다. 평생 대뇌 피질이 절반만 작동하는 상태로 임무를 수행했던 게 쓸모가 있었나 보다. 나는 옐라스톤 선장에게 이해력이 있다고 생각한다. 그다지 기술적인 개념은 아니다. 그는 자신이 죽어가고 있음을 안다. 그는 그것을, 그 모든 것을 죽음으로 보았다. 잠겨버린 뱃속에 직감이, 두려움이 있다. 섹스는 죽음과 같다는 두려움. 얼마나 옳은 생각인가. 우습다. 전에는 그런 생각을 하는 환자들을 치료하곤 했는데. 치료법… 물론 그것은 다른, 뭐랄까, 섹스의 도리였다고 해두자. 이제 옐라스톤 선장은 술을 마시지 않는다. 선장이 지고 있던 짐은 사라졌다…. 나는 남은 부분을 옐라스톤 선장이라고, 빌어먹을, 선장의 인간적인 부분이라고 생각한다. 나는 그의, 그의 생산물을 보았다. 좌현 전방에 있었다. 정말 이상하다.

선장이 그것을 보았을까? 이미 소비된 정자가 난할구를 알아볼까? 나는 옐라스톤 선장이 분명히 알아본다고 생각한다. 한 번은 우는 모습도 보았다. 기쁨의 눈물일 수도 있겠지만, 그렇게 생각하지는 않는다….

…안녕, 친구. 당신의 친절한 과학 보고원 애런 케이 박사야. 애런 케이 박사는 아주 살짝 에탄올에 취해 있네. 용서해주겠지? 그러고 보니 과학적인 정의상 이 가설을 공식화한 공로는 코비에게 돌아가야 한다는 생각이 떠올랐어. 코비는 끝까지 뛰어난 진단학자였지. 존스 홉킨스와 MIT 출신의 윌리엄 F. 코비 박사. 코비의 마지막 해법… 아니 마지막 가설의 창시자. 그의 이름을 기억하게나, 친구. 기억할 수 있는 동안에 말이야. 코비에게 이 부분을 녹음시키려고 해봤지만, 더는 말을 안 해. 난 코비 생각이 맞다고 생각해. 코비가 맞다는 걸 알아. 죽어가긴 해도 코비는 아직 기능을 하고 있지. 아주 공공연하게 마취제 사물함에 가더군. 내가 그렇게 하도록 놔두고 있어. 어쩌면 코비가 뭔가 시도하고 있는지도 몰라. 왜 코비는 저렇게 멀쩡하지? 사람들이 잃어버린 것, 머릿속에 든 정액 같은 게 코비

에게는 별로 많이 없었나? 아니지, 이건 불공평한 말이야. 사실도 아니고… 웃기지, 이제 난 코비가 좋아졌어. 정말 좋아. 위험한 부분은 다 사라졌어. 나한테 의견을 말해. 나를 로리라고 부르지… 아니, 로리에 대해서도 말하지 말자. 우리가 무슨 이야기를 하고 있었지. 그래 코비에 대해 말하고 있었지. 코비의 가설. 들어보라고, 친구. 머릿속이 아직 꽉 찬 당신 말이야.

코비 생각이 맞아. 난 코비가 맞다는 걸 알아. 우리는 생식체야.

생식체에 불과해. 생물 형태와 유사한 한 쌍… 그걸 정자라고 부르지. 두 종류가 있어. 작은 남성 정자, 작은 여성 정자. 무엇인가의… 생식질의 절반. 전혀 완전하지 않은 존재지. 어떤… 생물, 어떤 종족의 생식체 절반이랄까. 그 생물은 우주에 사는지도 몰라. 아마 그럴 거야. 어쨌든 그들의 난할구는 우주에 살아. 어쩌면 지성은 아예 없는지도 몰라. 그들이 행성을 이용해서 번식을 한다고 치자고. 물속에 들어가서 번식하는 양서류처럼 말이야. 그들은 정액을 뿌리고, 별들 속에 알을 낳았어. 적합한 행성들에 말이야. 씨앗은 싹을 틔웠지. 그리고 시간이 흘러… 음, 30억 년이라고 하자. 우리가 나오는 데 그쯤 걸렸지? 어쨌든 그 정자는, 물고기 수컷의 이리 같은 그것은 진화해서 인간이 됐다 이거야. 그리고 우리는 별들 사이로 나왔지. 난자가 있는 행성으로. 수정을 시키려고 말이야. 우린 고작 그거였어. 전부 다, 진화며 성취며 싸움이며 희망이며 고통이며 노력이며 모든 게 우리 머릿속에 정액을 품고 거기까지 가게 하려는 것뿐이었어. 우린 정자 꼬리에 불과했어. 인간이라는 건… 정자도 자기가 중요하다고 생각할까? 그 행성에 있는 아름다운 알들, 그 생물들, 몇백만 년 동안 자기 나름대로 진화한… 그 녀석들도 생각을 하고 꿈을 꿀지 모르지. 자기들이 사람이라고 생각할지도 몰라. 그 모든 게 다른 무엇인가를 만들기 위한 도구에 불과한데, 헛되이….

실례. 나는 애런 케이 박사이고, 두 사람이 더 죽었음을 기록한다. 제임스 가와바타 박사와 병참 담당 미리암 스타인이다. 가와바타의 시체를 차가운 창고로 가져가다가 미리암을 발견했다. 다들 그곳에 있으니 찾아보라고, 친구. 고드름 55개와 먼지 무더기 하나…가 되겠지. 아마. 사인(死因)은,

내가 사인을 보고했던가? 정확한 사인은, 아, 빌어먹을, 정자 꼬리가 왜 죽겠어? 더 이상 살아갈 능력을 잃어서지. 심각한 후속 기능 결여…. 증상은? 증상을 알고 싶을지도 모르겠군. 관심이 있겠지. 증상은 알파 행성에서 온 특정 생명체와의 짧은 접촉 이후에 시작됨. 내가 이마를 통한 물리적인 접촉이 있었던 것으로 보인다는 말을 했나? 전반적인 증상은 방향 감각 상실, 감정 상실, 실어증, 운동 기능 장애, 식욕 감퇴. 모든 반응 약화. 주의집중불능, 반향언어증*. 반사신경은 약하게 남아 있음, 전형적인 긴장병은 아님. 심장 기능 표준 이하, 심하지 않음. 임상적으로… 여섯 명을 검사해볼 수 있었는데, 임상적으로 뇌전도는 평평해진 편이며, 비동시성을 보임. 세타파와 알파파 부족. 전기 충격 이후에 겪는 증후군과는 다름. 다시 반복하지만 전혀 다름. 전기적으로든, 다른 방식으로든 물리적인 충격을 받았다고 해석할 수 있는 증상이 아님. 아드레날린 분비 시스템이 가장 영향을 많이 받았고, 아세틸콜린 분비 시스템은 상대적으로 영향을 덜

* 상대방의 말만 그대로 반복하는 증세

받음. 호르몬 분석에 따르면 부신 기능 부전은 아님. 아, 빌어먹을… 빨려 나갔어. 그런 거야. 뭔가가 빨려 나갔어… 생명 유지에 필요한 뭔가가 빨려나간 거야. 예후… 그래.

예후는 죽음이야.

과학적으로 대단히 흥미로운 사건이야, 친구. 하지만 물론 당신은 믿지 않겠지. 당신은 그리로 가는 중이겠지? 아무것도 당신을 막지 못할 거야. 그럴 만한 이유가 있으니까. 온갖 이유가… 종족의 구원, 신세계 건설, 국가적인 명예, 개인적인 영광, 과학적 진실, 꿈, 희망, 계획들… 관 속을 거슬러 올라가는 작은 정자 하나하나에도 나름의 이유가 있을까?

그것은 우리를 불러. 그 난자는 몇 광년 너머에서 우리를 부르지. 어떻게인지는 묻지 마. 심지어는 싫다고 대답한 정자, 애런 케이 박사마저도 부르지. 아, 맙소사. 난 그 달콤한 끌림을 느낄 수 있어. 왜 내가 그걸 거부했을까? …미안하군. 애런 케이 박사는 또 한 잔 마시고 있거든. 사실은 아주 조금이야. 옐라스톤 선장이 옳았어. 알코올은 도움이 돼… 우리의 무한한 다양성은 아무 쓸모도 없어. 내가 어디까지 말했지? …우리는 회진을 돌고, 나는 모두를 확인해. 그들은 이제 많이 움직이지 않아. 나는 새로운 존재들도 보지… 로리가 같이 다녀. 내가 물건을 들고 다니게 도와주지. 예전에 그랬듯이, 내 동생… 로리에 대해서는 정말이지 말하지 말자. 그것들, 그 접합체들은… 오늘 셋이 더 떠나버렸어. 가와바타의 접합체와 데인 집안 두 명까지. 돈은 아직 공용실에 있는데, 곧 갈 것 같아. 사람이 죽으면 그들도 떠나는 걸까? 난 우연에 불과하다고 생각해. 우리는 전혀… 관계가 없어. 접합체는 변동 가능한 기간 동안 수정이 일어난 장소 근처에 남아 있다가 착상을 하기 위해 떠나는 거야. 어디에 착상을 할까? 우주 공간인가? 그들은 어디에서 태어나지? 아아, 그들은 어떤 모습일까. 우리를 만들어내고, 우리가 죽어서 만들어지는 생물은? 생식체가 생식자를 볼 수 있나? 그들은 짐승일까, 천사들일까? 아아, 불공평해, 불공평해!

…미안하군, 친구. 이제는 괜찮아. 오늘은 돈 퍼셀이 쓰러졌어. 그대로 공용실에 놓아두었지. 난 환자들을 매일 방문해. 대부분은 아직 앉아 있어. 자기들 일터에, 자기들 무덤에. 우리는, 로리와 나

는 할 수 있는 일을 해. 이 세상의 삶을 평온하게 만들어주지…. 내가 알이라고 여기는 그것을 모두가 서로 다르게 본다는 사실은 과학적으로 흥미 있는 사실일지도 모르겠군. 돈은 신이라고 했고, 코비는 수정란을 보았지. 알스트롬은 생명나무 이그드라실에 대해 속삭이고 있었어. 브루스 장은 메이린을 보았지. 옐라스톤 선장은 죽음을 보았고. 타이그는 어머니를 본 것 같아. 애런 케이 박사에게는 여러 색의 빛밖에 보이지 않았어. 왜 나도 가지 않았을까? 누가 알겠어. 통계적인 현상. 불량품 꼬리. 내 발을 붙잡았던 우연… 로리는 유토피아를, 지상 낙원을 보았지. 로리 이야기는 하지 않을 거야…. 로리는 나와 함께 돌아다니면서 죽어가는 정자들, 우리의 친구들을 봐. 그들의 방에 있는 온갖 물건들, 사생활, 우리가 그토록 자랑스러워했던 이 배 전체를. 모노노아와레*, 가와바타는 그것이 모든 사물의 파토스라고 했었지. 주인이 죽은 후에 남은 손목시계, 안경… 우리의 모든 것이 지닌 파토스.

* もののあわれ, 일본의 문학 개념으로 직역하면 '사물의 파토스(감성)', 덧없는 사물에 대해 느끼는 쓸쓸하고 적막한 정서, 애수, 비애감 등이 복합된 의미이다.

…그래, 애런 케이 박사는 상당히 화가 났어, 친구. 애런 케이 박사는 나중에 어떻게 할지 깊이 생각하기를 피하고 있지. 나중에, 그들이 다 떠난 후에 내가 어떻게 할지 말이야. 코비는 오늘 다리가 부러졌어. 내가 발견했지. 내가 침대에 눕혀주니 기뻐하는 것 같았어. 고통은 별로 느끼지 않는 모양이었어. 코비의, 코비가 만든 존재는 한참 전에 떠나버렸어. 내가 그렇게 기록을 잘하지는 못한 모양이야. 많은 수가 떠났어. 옐라스톤 선장의 것은 마지막으로 보았을 때까지는 남아 있었어. 그는 항행실에 가 있지… 옐라스톤 선장 본인 말이야. 돔 밖을 멍하니 보고 있어. 난 옐라스톤 선장이 그곳에서 죽고 싶어 한다는 걸 알아. 아아, 불쌍한 늙은 호랑이, 가엾은 원숭이, 로리가 증오했던 모든 것이 이제는 사라졌어. 정자의 인격 따위, 누가 신경 쓰겠어? 답: 다른 정자가 신경 쓰지…. 애런 케이 박사는 감상적이 되어가고 있어. 케이 박사는 사실 눈물을 흘리지. 기억해줘, 친구. 이건 과학적으로 흥미로운 일이야. 그 후에 케이 박사는 어떻게 할까? 여기, 어느 항성에 떨어지지 않는 한 영원히 움직일지도 모르는 훌륭한 배 켄타우로스 호는 고

요하기만 할 텐데…. 케이 박사가 이곳에서, 고향인 정자배출소에서 42조 킬로미터 떨어진 우주에서 여생을 보내게 될까? 책을 읽고, 음악을 듣고, 정원을 돌보고, 위대한 과학적 관심에 대해 적어가면서? 55구의 얼어붙은 시체와 한 구의 해골. 그 해골을 봐줘, 친구…. 아니면 마지막 남은 정찰선 알파를 확인해줘. 케이 박사가 어느 날 작은 알파선을 타고 어딘가로 향하려고 할까? 그런데 어디로? 짐작해봐… 마지막에 남은 병사, 수란관에 남은 마지막 남자. 수란관을 거쳐 다리 너머로. 이런 실례.

…마지막은 아니지. 전혀 아니야. 녹색 신호가 도착하면 지구에서 출발할 선단을 잊지 말자고. 아무래도 한동안은 계속 오겠지…. 아무리 노력했어도 녹색 신호가 갔잖아? 인간이 갈망하는 목표. 그걸 멈출 방법은 없어. 정말이지 희망이 없어.

물론 그 행성까지 가게 될 사람들은 지구의 총인구에 비하면 한 줌에 불과하지. 총 정자 생산량 중에서 한 번 사정하는 양 정도 되려나? 언제 계산해봐야겠군. 과학적인 호기심이야. 그러니까 대부분의 알… 생물은 수정하지 못하고 죽겠지. 자연의 악명 높은 낭비벽이야. 5천만 개의 난자, 10억 개의 정자로 태어나는 연어는 한 마리뿐….

…가지 않는 사람들, 지구에 남는 사람들, 우리 종족의 나머지 모두는 어떻게 될까? 추측해보자고, 케이 박사. 쓰이지 않은 정자는 어떻게 되지? 고환 속에 갇혀서 과열로 죽지. 재흡수돼. 뭔가 생각나는 게 있나? 콜카타라든가, 리오데자이네루, 로스앤젤레스… 미리 보기랄까. 너무 빨리 태어났거나 너무 늦게 태어났거나. 정말 안됐어. 쓸모도 없이 썩어 문드러지다니. 기능 완료, 장기 퇴화… 다 끝이야. 그냥 썩어 문드러지는 거야. 알지도 못한 채, 자기들이 사람이라고 생각하면서, 기회가 있었다고 생각하면서….

케이 박사는 상당히 심하게 취해가고 있어, 친구. 또 케이 박사는 당신한테 지껄이는 데에도 진력이 나고 있지. 이 기록이 당신이 관을 따라 올라가는 데 무슨 도움을 주겠어? 멈출 수 있어? 멈출 수 있냐고? 하하. 누군가가 말했다시피… 빌어먹을, 왜 시도해보지도 않아? 멈출 수 없어? 인간으로 남을 순 없어? 설령 우리가… 아, 주여, 반쪽짜리가, 생식체 하나가 문화를 세울 수 있는 겁니까? 그럴 리가 있나… 머릿속이 꽉 찬 불쌍한 망할 자식, 넌 거기 도달하거나 도달하려고 하다가 죽을 거야….

미안하군. 로리가 오늘은 많이 비틀거렸어…. 내 여동생, 넌 좋은 정자였어. 열심히 헤엄쳤지. 네가 접합을 이뤄냈어. 이봐, 로리는 미치지 않았어. 조금도 미치지 않았어. 그 애는 우리가 어딘가 잘못되었다는 걸 알고 있었어…. 치유되었다고, 완전해졌다고? 몇 달의 시간… 낙원에, 신의 금빛 심장을 벽 하나 사이에 두고 지낸 시간들. 고통을 끝내줄 여왕 난자와 내내 싸우면서…. 아, 로리. 내 곁에 있어줘. 죽지 마…. 맙소사, 인력, 그 무섭고도 달콤한 인력.

…애런 케이 박사 녹음 종료. 어쩌면 내 상태도 깊은 과학적 관심의 대상이 될지 모르겠다…. 나는 이제 꿈을 꾸지 않는다.

〈끝〉

옮긴이 이수현

작가, 번역가. 인류학을 전공했고 《빼앗긴 자들》을 시작으로 많은 SF와 판타지, 그래픽노블 등을 옮겼다. 최근 번역작으로는 《유리와 철의 계절》, 《새들이 모조리 사라진다면》, 《아메리카에 어서 오세요》, 《아득한 내일》, '얼음과 불의 노래' 시리즈, '샌드맨' 시리즈, '수확자' 시리즈, '사일로' 연대기, '문너머' 시리즈 등이 있으며 《어슐러 K. 르 귄의 말》과 《옥타비아 버틀러의 말》 같은 작가 인터뷰집 번역도 맡았다. 단독저서로는 러브크래프트 다시 쓰기 소설 《외계 신장》과 도시 판타지 《서울에 수호신이 있었을 때》 등을 썼으며 《원하고 바라옵건대》를 비롯한 여러 앤솔로지에 참여했다.

다시는 아무것도 괜찮아지지 않을 것이다

초판 1쇄 발행 2024년 2월 20일

지은이 제임스 팁트리 주니어
옮긴이 이수현
펴낸이 박은주
디자인 김선예, 이수정
마케팅 박동준
인쇄 탑프린팅

발행처 (주) 아작
등록 2015년 9월 9일 (제2023-000057호)
주소 07236 서울특별시 영등포구 의사당대로 38 102동 1309호
전화 02.324.3945-6 **팩스** 02.324.3947
이메일 arzaklivres@gmail.com
홈페이지 www.arzak.co.kr

ISBN 979-11-6668-771-6 03840

책 값은 표지 뒤쪽에 있습니다.
잘못 만들어진 책은 구입하신 서점에서 교환해 드립니다.